Os encantos do SOL

Mayrant Gallo

Os encantos do SOL

escrituras
São Paulo, 2013

Escrituras Editora e Distribuidora de Livros Ltda.
Rua Maestro Callia, 123 – Vila Mariana – São Paulo, SP – 04012-100
Tel.: (11) 5904-4499 – Fax: (11) 5904-4495
www.escrituras.com.br
escrituras@escrituras.com.br

Diretor editorial	Raimundo Gadelha
Coordenação editorial	Mariana Cardoso
Assistente editorial	Ravi Macario
Capa, projeto gráfico e diagramação	Schäffer Editorial
Revisão	Jonas Pinheiro, Paulo Teixeira e Wilson Costa
Impressão	Graphium

Dados Internacionais de Catalogação na Publicação (CIP)
(Câmara Brasileira do Livro, SP, Brasil)

Gallo, Mayrant
Os encantos do Sol / Mayrant Gallo. – São Paulo: Escrituras Editora, 2013.

ISBN 978-85-7531-453-1

1. Ficção brasileira I. Título.

13-01958 CDD-869.93

Índices para catálogo sistemático:
1. Ficção: Literatura brasileira 869.93

Impresso no Brasil
Printed in Brazil

Nota do autor

Graham Greene definiu alguns de seus melhores romances como "simples entretenimento". Esta novela é, igualmente, um entretenimento. Escrevi-a ao fluxo contínuo da imaginação, do prazer e do acaso, jogando, me divertindo, sem buscar uma coerência rígida e ciente dos riscos que enfrentava, por misturar, assim tão impunemente, aspectos de vários gêneros narrativos. Talvez eu tenha, como um barco à deriva, me deixado levar pelos personagens; não os tenha manipulado o bastante. Foram seus sentimentos e suas emoções, apenas esboçados, que se *inscreveram*, em fatos e imagens, através de mim. Se isto realmente aconteceu, não devo me queixar: é sempre mais intenso o efeito se não se entrevê o operador por trás das marionetes.

Uma vez que esta novela vai aqui publicada – e pode ser lida, afinal de contas há público para todo e qualquer tipo de história –, espero que ao menos um leitor, um único, sinta o mesmo que eu senti ao escrevê-la. Só assim serei, de algum modo, recompensado. Não pretendo mudar a literatura nem tampouco entrar para a história da literatura. Escrever é uma necessidade e, não menos enfadonha, uma ocupação, nada mais que isso. Passado o instante de criação e vencidos os demais momentos, até que a história chegue ao leitor, o livro torna-se uma página virada, e o autor deve, para a sua felicidade, dedicar-se a outra coisa: ler, por exemplo, ou simplesmente viver. Depois de publicada, tudo o que a obra obtiver, de bom ou de ruim, não lhe pertence mais. Não sei se houve um tempo em que não se cobrava tanto do autor, em que não se esperava dele a côdea de um demiurgo. Se não houve, espero que haja, algum dia, pois o escritor é só um mágico de província que, na gaiola dos pombos, aprisiona as palavras e que, ao fim, necessita de repouso.

De resto, todo o conteúdo deste livro é ficcional e imaginário. Caso se encontre qualquer correspondência entre os fatos, personagens e lugares aqui mencionados e a suposta realidade em que vivemos, é de se lamentar a coincidência.

Agradeço ao Ministério da Cultura e à Petrobras a bolsa de criação literária cujos recursos permitiram que esta obra fosse finalizada e chegasse ao leitor. Também a Emmanuel Mirdad e Marcus Ferreira, que, com afinco, transformaram-na num projeto editorial. Especialmente, a Ângela Vilma, que foi a primeira a ler esta história e me franquear o seu aval.

M. G.

Um casal é uma conspiração em busca de um crime.
O sexo é, muitas vezes, o mais perto que conseguem
chegar de seu objetivo.

Adam Phillips

Para Zezé, minha mãe, *in memoriam*.

Sumário

O encontro

Há dois meses, ao atravessar o Campo Grande, esbarrei com Geórgia. Foi uma surpresa, pois de imediato não a reconheci, tão magra estava. Vencido o primeiro momento de perplexidade, nos cumprimentamos, e afinal a abracei, forte. Como se aproximasse a hora do almoço, pegamos um táxi e fomos a um restaurante na Barra. Ali, já acomodados e mais descontraídos, nos pusemos a conversar, com alguma animação. Ela perguntou por Victória, minha filha. Para uma pergunta clássica, uma resposta de método, evasiva. Falei que ia bem, crescendo, penetrando os inevitáveis mistérios da existência; nada do que eu e ela própria, Geórgia, não tivéssemos feito. Os velhos passos, os mesmos degraus e tombos e soerguimentos. Geórgia se calou, a olhar o cardápio, e eu continuei a bebericar meu copo. Apesar de passados mais de quinze anos, ambos tínhamos consciência de que algo de embaraçoso permanecia no vão das escadas, e que o melhor era não revolvê-lo.

Victória sempre foi uma felicidade que eu tudo fiz por conter ou amenizar, apesar de seus abraços afetuosos, suas tiradas de ternura, suas confissões amorosas, típicas de uma filha em relação ao pai; e isso não só agora, que ela já é uma mulher, mas desde pequena, bem pequena mesmo. Talvez por isso falar sobre ela com qualquer pessoa seja, para mim, tão desconfortável. É como se eu confessasse minha culpa, minha infidelidade ou ingratidão. Apesar de tudo, não me condeno por proceder assim. Sei que naturalmente me inclino a diminuir tudo o que criei ou sobre o qual pus as mãos. Mas a razão de meu desconforto está – acredito – no fato de que não cresci o suficiente para ser pai e, em que pese a esta certeza, já sou um velho.

Fizemos os pedidos, e Geórgia, depois de apreciar duplamente seu coquetel – pelo aspecto, exótico, e pelo sabor, único, dois dos méritos evidentes do restaurante –, olhou-me com seus belos olhos faiscantes. E mudou de assunto, quis saber de Victor.

Sorri. No início, apesar do que houve, ele ainda me telefonava e marcávamos alguma coisa. Mas o peso do passado é cruel e nos calou. A cada novo encontro, renovava-se o martírio, que só o garçom do bar, de investida em investida, era capaz de interromper. No último, comentei que avistara Virgínia a atravessar a rua, apressada e de mãos dadas com uma mulher que não Adrina, e isso pareceu ofendê-lo. Tive de lembrar-lhe então que antes de tudo a primeira fora minha mulher, e que a outra era a mãe de minha filha. Portanto, nada mais natural que eu ainda as conservasse nos arredores dos meus interesses e curiosidades. Não obstante, foi a gota d'água. Não voltamos a nos ver. E, assim, todos aqueles rostos, não mais rememorados, restritos a pinceladas fortuitas do acaso diário e do traçado das ruas, como acontecera agora, ao encontrar Geórgia, foram pouco a pouco se convertendo em descoradas imagens sem força, como os antigos retratos de família, fixos em momentos que, borrados pela velhice, já não suportamos mais.

– Depois disso, fui viver em São Paulo, me afastando de todos – concluí.

– Mas eles estão na cidade, ainda moram aqui? – ela perguntou.

– Adrina sim, mas Victor e Virgínia, não sei. Victória deixou a mãe e foi viver comigo em São Paulo. Nesse momento está com Adrina. Foi visitá-la. Mas daqui a pouco nos encontraremos...

– Eu não a reconheceria...

– Não, claro que não. Já é uma mulher, tem quase a mesma idade de... – e me interrompi, estupefato.

Geórgia baixou a cabeça e se manteve em silêncio. Afinal me recuperei do choque e terminei a frase:

– A mesma idade de Polly.

– Eu sei – Geórgia assentiu, sem emoção. – Ela nunca mais apareceu?

– Não.

– Uma pena, era uma boa menina. E era linda!

– Era o que me *diziam*, o tempo todo. Bento, sobretudo.

– Bento? Não o conheci.

– Não, claro que não. Ele era arredio, pacato, de poucos amigos. Uma figura! Inclusive, me deu algumas dicas para viver aquela história...

De repente, meu telefone começou a tocar, uma algazarra tremenda (um tipo agressivo de chamada que Victória pusera só para me provocar). Aliás, era ela. Pedi desculpas a Geórgia e atendi. Falamos só alguns segundos. Já havia deixado o apartamento da mãe e estava a caminho. Disse-lhe onde me encontrava, o nome do restaurante, o endereço, descrevi os pontos de referência. E lhe recomendei que tomasse um táxi.

– Ela está vindo – falei, guardando o telefone.

– Que bom – Geórgia disse e sorriu.

Minha bebida já estava no fim, e pedi outra ao garçom. Depois encarei Geórgia e perguntei, com humor, mas sem ironia, se ela ainda representava a corja americana.

– Ainda – ela disse, sem ressentimentos, um leve sorriso.

– Mas você não mora mais aqui, certo?

– Não, estou de férias. Moro em Londres.

Assoviei.

– Bom. Nada como o Primeiro Mundo. Um banho de civilização.

– Bobagem – ela retrucou. – A vida por lá não é tão diferente daqui, exceto pela organização, que, em excesso, também atrapalha, desgosta.

– Claro, claro, você está certa, não há dúvida.

Do restaurante, pelo vidro impecável da vitrine, avistávamos a rua lá fora, de pouco movimento, alguns carros, raros pedestres, árvores, lojas já fechadas, como é comum num sábado, e uma banca de jornal, o jornaleiro já recolhendo as revistas...

– Sabe que eu nunca li o gibi? É, isso mesmo. Como chegou às bancas na mesma semana em que Polly desapareceu, vê-lo não me trouxe nenhuma satisfação. Nem mesmo o examinei, só folheei, com indiferença, numa rápida parada na banca e que jamais renovei.

– Uma pena. Foi um sucesso, e já saíram outras edições. Uma bem recente, encadernada, luxuosa, destinada a colecionadores. Está nas livrarias. Ou, mais seguramente, nos *sites* especializados. Procure. Mas posso lhe mandar um exemplar de Londres, quando voltar.

Olhei para o fundo do restaurante e avistei o garçom vindo com os nossos pratos. O salão estava quase vazio, somente três ou quatro mesas ocupadas.

– Acho que não. Não tenho mais interesse. Escrevi aquela história por dinheiro, cê sabe. Victor me passou o trabalho, e Virgínia insistiu que eu o pegasse.

– Eu sei.

Já tínhamos começado a atacar a comida, que estava excelente, e elogiei Geórgia pela escolha do lugar, de fato um restaurante muito bom. Comida de primeira e serviço perfeito, sem falsas gentilezas. Pouco depois Victória chegou. Estava linda. Eu ainda não a tinha visto naquela manhã, pois ela acordara muito cedo e deixara um bilhete esclarecendo que ia visitar a mãe. Era assim mesmo que Polly adentrava os lugares, desequilibrando os dias, as mentes, os espaços. Talheres se imobilizaram, bocas pasmaram, olhos se esticaram para vê-la. Percebi dois garçons ao fundo confabularem sobre seus atributos físicos, e um outro, por trás do balcão, dobrar-se para alcançá-la com um olhar envolvente. Ela puxou a cadeira e se sentou, afogueada.

– Filha, esta é Geórgia, uma velha amiga.

As duas se cumprimentaram jovialmente, sem formalidades. Em seguida, Victória chamou um dos garçons, pediu uma tônica, com gelo e limão, e o cardápio.

– Tô faminta!

Olhei rindo para Geórgia, que também ria. A semelhança entre Polly e Victória era espantosa. Se fossem mãe e filha, não seria tanta. Ou talvez nem se parecessem, o que não é incomum.

O jantar

Victor e Adrina, sua esposa na época, convidaram a mim e Virgínia para jantar em sua casa. Lá, entre vinhos e queijos, ele me propôs um trabalho. Escrever o roteiro de uma *graphic novel* americana, a ser lançada mundialmente no ano seguinte. O cenário deveria ser Salvador (uma referência internacional do turismo, sucedâneo da mobilização geral, segundo Hans Enzensberger, citado por Guido Morselli no seu *Dissipatio H. G.*), e o gênero, ou policial ou espionagem, talvez suspense. O roteiro original sofreria as mudanças técnicas corriqueiras, as quais ficariam sob a responsabilidade de um roteirista americano renomado, que também, ao fim, assinaria a história.

– E por que isso? – perguntei.

– Bem, o motivo é puramente econômico. Se é você quem escreve a história, gasta-se menos dinheiro, pois o roteirista americano não precisa se deslocar até aqui, e ao mesmo tempo o roteiro fica mais genuíno, com a cor local, os costumes e hábitos culturais.

– E quem vai traduzir para o inglês?

– A mesma pessoa encarregada de enviar a história ao editor. Sua tarefa será apenas escrever e entregar um capítulo por semana.

O jantar foi servido, e a conversa descambou para outros temas. No fim da noite, retomamos o assunto.

– Sei não, quadrinhos... Realmente, não é comigo.

– Mas você ganhou um concurso de roteiros de quadrinhos, me lembro bem.

– É verdade – Virgínia confirmou.

– É, eu sei – admiti –, mas naquela época eu estava por baixo, deprimido, meus livros eram sempre recusados pelos editores, e participei do concurso só para provar a mim mesmo que poderia fazer algo bom, de qualidade e que pudesse ser reconhecido. Fiz de orelhada, jamais estudei técnica de roteiro.

– E daí? – Adrina disse, sorrindo. – O que importa é o resultado.

– Ele é modesto – Virgínia acrescentou.

– Você pode, e isso encerra o assunto – sentenciou Victor, levantando-se para abrir mais uma garrafa de vinho. – Além do mais, o dinheiro é bom, muito bom. Você não vai ganhar isso nem com dois livros entre os dez mais vendidos.

– E isso se o coelho permitir... – Virgínia condicionou.

Involuntariamente, esperamos que ele arrancasse a rolha para dizer, cada um por sua vez:

– Eu não quero.

– Nem eu.

– Não, não aguento mais. Mais vinho, e mudo de cor.

Victor ficou nos olhando espantado, a garrafa numa mão e a rolha na outra.

A matriz

Naquela época – devo admitir –, Victor era um sujeito cheio de contatos e oportunidades. Escritor, professor, jornalista, polemista e sobretudo um amigo, um amigo generoso, capaz de abrir mão de alguns trabalhos para cedê-los a mim, que sempre estava mais necessitado, sem grana alguma, dependendo dos recursos de Virgínia. O roteiro era apenas mais um dos muitos que ele me passara nos últimos meses e anos. O texto semanal, por exemplo, que eu escrevia para o jornal fora inicialmente oferecido a Victor. Mas ele o aceitara apenas para, mais tarde, sugerir que eu o substituísse. Tudo bem, o dinheiro que me pagavam era pouco, uma miséria, mas era certo, e a frequência no jornal me conferia visibilidade. Certa vez, cheguei a ser reconhecido na plateia do cinema. Um cara comentou com outro, duas fileiras atrás de mim:

– Esse aí na frente é o escritor Dino Endre. Sempre leio seus textos no jornal.

Agora era a vez do roteiro, que me daria muito mais projeção. Ou pelo menos era o que eu esperava.

– O que você acha? – perguntei a Virgínia, quando chegamos em casa.

– Do quê?

Fechei a porta.

– Ora, o roteiro... Victor quer que eu dê uma resposta amanhã.

A voz de Virgínia soou meio abafada, por baixo da blusa, que ela estava arrancando por sobre a cabeça:

– Aceite, claro, estamos precisando de dinheiro.

– Mas só por isso? E se eu fracassar?

Virgínia abrira o zíper da calça *jeans*, e a calcinha negra aparecia, em contraste com a pele excessivamente branca do seu ventre. Ela suspirou e não disse nada. Os seios balançavam no ar. Já sem sapatos, na ponta dos pés, caminhou para o quarto. Ainda de calça, desabou sobre a cama. Bebera demais, além do seu limite. E vinho tinto a deixava sem tino, incapaz de raciocinar, e indisposta como uma grávida no oitavo mês. Entrei no quarto:

– Além do mais, quadrinhos são pra adolescente, uma arte menor, quase subliteratura. É só clichê. Com raras exceções.

– Então não aceite – ela balbuciou. – Mande Victor à merda.

– O que você disse? Não entendi...

– À merda, mande Victor à merda – ela repetiu, já ferrada no sono.

Aquela explosão – foi como classifiquei sua fala – me intrigou. Mesmo assim, no momento, não lhe dei a devida importância.

Depois de arrancar a calça de Virgínia e a acomodar na cama, sob o cobertor, voltei à sala e liguei o aparelho de som. Enescu sempre me inspirava, e ainda mais suas *Impressions d'enfance*. Pelo meio da música, tentei me lembrar por onde andava o roteiro de quadrinhos com o qual eu ganhara o tal concurso, anos atrás. Seria um milagre se o achasse... Pois bem, não achei. Tive que me contentar em reler o conto que se originara dele e que, infelizmente, ninguém comentara, nem na imprensa, quando do lançamento do livro, nem no meio universitário, durante um seminário sobre o conto contemporâneo local. Isso não só atestava a irrelevância do conto como a falta de substância do roteiro, sua matriz.

Victor

No dia seguinte, tão logo acordei, escrevi o texto do jornal. Fiz como Hemingway e aproveitei a cota entre quinhentas e mil palavras que todas as manhãs oferecem aos escritores, em especial as nubladas, com ameaça de chuva e frio. Deixei minha acidez fluir, e o sarcasmo se instalar a cada frase. Ao fim, não reli o texto final senão para me envaidecer de meu ritmo, convicto, na minha ingenuidade, do valor dos pobres revisores do jornal. Não deu outra: erros crassos. "Inhame" saiu "iame"; "remorso", "remoço"; "contundente", "contudente". Paciência. Sempre pagamos algum trocado por nossa insolência.

Virgínia levantara cedo, bem antes de mim, e fora trabalhar. Por volta das dez horas me ligou.

– Só para te lembrar de telefonar para Victor...

– Eu sei – respondi.

– Já se decidiu?

– Acho que sim. Vou aceitar.

– Ainda bem.

– É. Ainda bem.

Algo em minha fala me fez pensar em nuvens, em chão rarefeito, sem consistência alguma.

Combinamos de ir ao cinema no início da noite. Virgínia desligou e me deixou só, pensando. Passado um tempo, telefonei para Victor. Não consegui falar com ele, mas lhe deixei um breve recado. Quando me ligou, de volta, já era de tarde, e eu estava na rua Chile, diante da banca de jornal, folheando uma revista literária, que comprara um conto meu, mas ainda não o publicara. Ao meu lado, um casal de turistas examinava uma fieira de cartões-postais recém-impressos, mas que reproduziam uma Salvador de quarenta anos antes, velha e amarelada. Nas fotografias, o Jardim de Alá eram só coqueiros, e o Rio Vermelho não passava de uma enseada de pescadores, com estes em grupos a reparar as redes, velas brancas ao longe.

Victor sugeriu que eu fosse até o seu apartamento, em Nazaré. Um quarto e sala que ele mantinha para facilitar seus encontros amorosos. Da última vez que eu estivera ali, uma garota – sua aluna – dormia na enorme cama redonda, o lençol atravessado sobre o corpo, parte das coxas e das costas à mostra, cabelos derramados, o braço contra o rosto, a proteger seus olhos da luz ofuscante.

Toquei a campainha. Victor estava de calça comprida e meias, peito nu. Ou chegara da rua ou se preparava para sair ou apenas vestira a calça para me receber, pulando de sobre o corpo que acabara de vitimar.

– Quem é a vítima hoje? – brinquei.

Ele sorriu, meio de lado, a exibir a um só tempo vaidade e vergonha. Fomos para a sacada e nos sentamos nas pesadas cadeiras de ferro. Lá embaixo, o Dique começava a se encher com os atletas de fins de tarde, pessoas correndo ou andando, outras fazendo exercícios nas barras de ferro do alambrado. Muitas se esparramavam pelos bancos de madeira, solitárias ou aos pares, conversando. E não eram poucos os casais que se grudavam na grama, em sua maioria estudantes secundaristas recém-saídos das aulas ou que nem sequer tinham se dado ao trabalho de atravessar o portão das escolas públicas, optando por um sorriso, um olhar, o mudo convite de um semblante que tão cedo não seria esquecido. Olhando-os com prazer, Victor comentou:

– Veja como eles mal podem se conter. Como se acariciam, se beijam, se apertam! Nem parece que estão em público. Querem ir pra cama a todo custo, mas não há cama...

A cerveja estava gelada, mas não chegamos a saboreá-la, pois, mal a serviu, Victor me passou um grosso classificador cheio de documentos. Havia um contrato – que eu deveria assinar – e também alguns exemplares de gibis em vários idiomas, todos ocidentais: uma pequena amostra da produção da editora que estava me contratando.

– Aqui, o cartão da pessoa que você deve procurar no Comércio.

Uma mulher, de nome Geórgia. O cartão informava que era consultora.

– Hoje todo mundo é consultor – gracejei.

– Pare de história. Vá vê-la amanhã e acerte tudo. Agora é com você. O que quer que aconteça, lavo minhas mãos.

Sim, Pilatos.

Lá dentro, o telefone tocou. Victor foi atender e, ao voltar, disse:

– Agora vá. Estou esperando alguém...

– Certo, a vítima... – me levantei, pus o classificador debaixo do braço e esvaziei o copo.

Quando eu deixava o prédio, Virgínia me ligou dizendo que não poderia ir ao cinema. Tinha uma pilha de trabalho acumulado e decidira adiantá-lo naquela noite, para não ficar lotada no fim de semana. Que eu fosse sozinho. Fui. E não foi por acaso que, a caminho da Vitória, senti certo alívio. Uma espécie de satisfação por voltar ao passado, ser de novo livre e solteiro, numa sala escura, diante das cores de um filme. Por duas horas pelo menos, eu voltaria a sofrer a expectativa das possibilidades suspensas, convertidas em sonhos mortos desde o casamento.

Depois do cinema

O filme era *Adeus, Lênin*, uma grata surpresa para mim, que jamais gostei do cinema alemão. Um pouco de tudo: ironia, humor, poesia, desespero, romance, metáfora. A realidade é uma invenção da mídia. Jornalismo é ficção. Não há governo sensato, tampouco justo. Apenas poder. As referências a outros filmes são evidentes: *Laranja mecânica, 2001, Paisagem na neblina, Mental spaces.*

Saí impactado do Cine do Museu. Tanto que tomei o caminho contrário, em direção ao Largo da Vitória. Ou foi o destino que me levou para aquele lado... Mas, e se eu não tivesse assistido ao filme? Bem, o destino também é aquele filme, o envolve, o integra, dilui. Não fosse *Adeus, Lênin*, seria um outro qualquer. Ou mudaria a própria noção de destino. Ou então mudariam as pessoas envolvidas, pressionadas pelo acaso, essa outra face de Deus.

– Deus! Polly?!

Apressada, ela quase havia esbarrado em mim.

– Dino?

– Sim, sou eu.

– Poxa! Incrível te encontrar.

– É. Tomei o caminho errado. Tinha que ir para lá, cê sabe – e apontei. – Moro no Garcia.

– É, eu sei. Deixe te dar um beijo.

E ela me beijou, uma só vez, na face, mas com a mão em minha nuca, como se eu fosse afastar a cabeça, e ela não quisesse isso, um jeito todo seu que até hoje me deixa sentimental.

– Aonde cê ia? – perguntei.

– Ia? Não, eu vou.

– Aonde cê vai, então?

– Ver o filme.

– *Adeus, Lênin*?

– É.

– Acabei de ver.

– Vou ver pela segunda vez – ela frisou, orgulhosa.

– Que pena, poderíamos conversar...

Polly não hesitou:

– Venha. Depois do filme, a gente sai, conversa, se diverte...

– O que você pretende? Me arrastar pro motel...? – brinquei.

Polly riu e me puxou pelo braço. Me deixei levar, sem reação, impassível. Acho que agi assim porque Virgínia desistira do filme em favor do trabalho. Ou talvez porque eu estivesse tenso com a incumbência que teria pela frente, nos próximos dias. Ou mesmo porque o filme ainda continuasse em mim. Ou, mais provavelmente, porque Polly tinha sido amante de Victor, e eu, no fundo, a desejava, por inveja a ele e por não admitir que Victor a descartasse como mais uma de suas alunas fúteis cujo desempenho nas provas ele esperava melhorar na cama. A verdade é que cinco minutos depois nos sentamos no escuro da sala e reassistimos, de ponta a ponta, juntos, um dos filmes de nossas vidas.

Revelações

– Vou me casar! – ela disse, quando chegamos ao restaurante.

Demorei um século a vencer o espaço entre a mesa e a cadeira e me sentar. Quando afinal consegui, falei:

– Casar? Mas você é tão jovem...

– Sei. Mas a vida é assim, todos casam, não? Ou melhor: *todas* casam.

O garçom chegou e nos deu boa-noite. Mal respondi: um grunhido apenas, como se tivesse acabado de sair da caverna ou descido das árvores. *Adeus, Lênin* tinha desaparecido de minha mente, eu só pensava em *Adeus, Polly*.

– Não acredito. Limiar do século XXI, a humanidade prestes a se transferir para outro planeta, e você acha que casamento é tudo, a regra.

Polly olhava o cardápio. Seu dedo ia passando de prato em prato, como se fosse possível, pelo tato, provar a comida, avaliar sua consistência, seu sabor. Ela me fitou com seus olhos enormes. Sorria, os lábios num desenho satírico.

– E você? Não se casou? – seu tom era de provocação.

– É, casei. E no que deu? Se não fosse pelo primeiro ano (se não primeiro mês), Virgínia continuaria virgem.

Polly se surpreendeu:

– Ué? Vocês não...?

– Depois de cinco anos? Só se for à distância, por correspondência. Viu? É isso que te espera.

Eu nem abrira o cardápio, o que certamente motivou o garçom a dizer:

– Posso dar uma sugestão?

Olhamos os dois para ele, aterrados como crianças ameaçadas.

– Vocês pedem algo para beber, vão bebendo, discutindo e escolhendo... Enquanto isso, cuido da minha vida.

Então pedimos dois chopes. O garçom se afastou.

– Pode? – falei, observando a garça afetada se perder por entre o acúmulo de mesas. – Em breve vão nos atender na porta da rua, através de uma grade, como se fôssemos pedintes... Essa cidade não passa de uma província com meia dúzia de edifícios e um metrô atolado.

Polly ignorou meu sarcasmo:

– Se fosse depender de meu noivo, já estávamos casados há um ano...

– Mas Victor atrapalhou tudo...

Ela arregalou ainda mais os olhos e sorriu de lado, encabulada. Pensava que eu não soubesse de coisa alguma, que Victor tivesse guardado segredo. Imagine, Victor! Ele seria capaz de tornar pública a massa de pelos púbicos da própria esposa, contanto que encontrasse num bar um sujeito disposto a ouvir o panegírico.

– Sei de tudo – balancei a cabeça. – Mais do que você pensa.

– Canalha! Ele não passa de um canalha! – Polly vociferou. E ficou olhando para os lados, me evitando.

Peguei sua mão.

– Não se aborreça. Não vale a pena. Nem se envergonhe. Passou. E logo você será uma mulher casada, respeitável. Victor é assim mesmo, mas é um bom sujeito. Seu problema são as alunas. É mulher demais. E todas parecendo disponíveis, dispostas... O cara enlouquece. É como se cada dia fosse uma possibilidade perdida, entende? O cara olha para aquele mar de peitos e pernas e se convence de que tem mais sede que o normal, que está num deserto, a dois dias do veio d'água mais próximo. É quase impossível resistir. Sabe quantas alunas ele tem por semestre?

– Sei.

– Mais de cem.

– É. Inclusive eu.

– É de pirar... Você?! – me surpreendi.

– É. Peguei uma disciplina optativa com ele este semestre. E agora tô arrependida.

Os chopes chegaram, trazidos por outro garçom, um sujeito que ria o tempo todo, como um idiota, e que eu já conhecia de outras ocasiões com Virgínia ou mesmo com Victor e Adrina. Polly sorveu um imenso gole, profuso como uma onda. Depois disse:

– Bandido!

– Esquece o cara. Victor fala de todas. Falaria da própria mãe, se fosse Édipo. Mas é um sujeito legal.

– É. Bem legal! Não quero nem imaginar o que ele disse. As coisas mais terríveis, não?

– Prefiro falar do filme – provoquei, rindo, e virei o chope quase até a metade.

– Mas eu não. Quero saber de tudo.

Ela queria saber, mas não falei. Seria trair Victor. Se ele me revelava suas intimidades com suas alunas, era porque confiava que eu guardaria segredo, que eu não era um "jornalista", como ele. Eu não podia acreditar que fosse diferente, pois das vezes em que isso acontecera ele nunca estava bêbado. Talvez até falasse para se exibir, me convencer de que eu não era de nada, um simples marido enfarado, sem nenhuma perspectiva, exceto a condescendência de Virgínia, caso ela chegasse um dia do trabalho com uma excitação prévia, achada na rua, ou despertasse ao meu lado, motivada por um promissor sonho erótico. Era compreensível que se exibisse, afinal tinha suas alunas, e as notas baixas não eram poucas... Não perdia a chance de exercitar sua generosidade – quase um luxo no meio acadêmico – e, assim, sempre lhes dava uma segunda chance, na cama diariamente revolvida no quarto e sala de Nazaré.

– Já sei o que pedir. Você permite que eu escolha? – ela perguntou.

– Claro. Vá em frente. É assim com Virge, já estou acostumado.

Durante o jantar destrinchamos o filme. Não sobrou nada, nem uma metáfora. E esprememos o caldo tanto sobre o traje franciscano da esquerda quanto sobre o fraque afetado da direita. Não restou um colarinho seco. Uma gravata intacta. Becker, o diretor, teria ficado orgulhoso se nos ouvisse. Ou, talvez, indignado.

Ao terminar a sobremesa, Polly falou, séria:

– Vou procurar a mulher dele e contar tudo.

O pastiche

Quando cheguei em casa, Virgínia já estava dormindo. Contemplei-a por um instante, desenrolada, de bruços, só de calcinha, o cabelo crespo e longo jogado sobre o rosto. Seu corpo magro e ondulado era uma tentação, e ainda mais naquele estado, de abandono, como à espera de prazer ou martírio. Desdobrei o lençol e o distendi sobre suas pernas e parte das costas, o suficiente para ela se conservar quente e seguir no sono. Se não fizesse isso, mais tarde, com a noite profunda, ela sentiria frio e, encolhida, os braços a envolver as pernas, tentaria em vão se proteger, até que, já semidesperta, buscaria nos pés da cama o lençol e o jogaria sobre si até o pescoço, embrulhando-se como um pão. Era assim havia anos e assim seria naquela noite.

Demorei a me deitar, pois fui tomar banho e, depois, ainda resolvi procurar, mais uma vez, o roteiro perdido. Revirei todo o armário do escritório, até que o encontrei. Estava onde eu definitivamente jamais acreditaria que estivesse: entre meus contos e romances malogrados. Jamais pretendi me tornar romancista, foi algo que aconteceu, quase por acaso. Pelo simples fato de não saber o que fazer com a história, acabo por me prolongar em demasia, escapando da estrutura precisa do conto e enveredando pela distensão inevitável do romance. Tal limitação me impôs inúmeros fracassos, tanto num gênero quanto no outro. Ou contos longos demais e sem energia, ou romances incipientes e vagos, caricaturas grotescas que meu senso de exigência sempre desprezava. Este relato talvez seja a minha empreitada mais consistente e, embora já tenha publicado quase uma dezena de romances, é por ele que virei a ser lembrado, não tenho dúvida. Intuição? Não creio. Prefiro acreditar em consciência, pois, mesmo antes de chegar ao final, percebo que esta história tem uma invulgar diferença em relação a todas as outras que, nos últimos anos, encerrei nas amarras do romance ou da novela: ela nasceu da vida e para a vida se destina. Se há uma característica que bem define o romance, é a sua matriz autobiográfica, ainda que remota. Quanto à novela, é dos gêneros literários o que melhor exprime a existência miúda, o cotidiano mais corriqueiro, os costumes mais triviais, as sequências inevitáveis do "estar no mundo", as sensações perdidas – ou que vão se perder, se não assimiladas pelas palavras –, os insensatos embates humanos, as dúvidas e sonhos terrestres. Sendo assim, tentei mesclar os dois gêneros. Não me interessa o que dirão os críticos. Que digam o que bem entenderem, dizer é o que lhes cabe, e mensurar, o que lhes resta; sempre borrarão seus textos com algum porém ou um inútil todavia e, ao fim, por justiça ou pressão monetária, convocarão os leitores a aferir seu errante palavreado. Nada diferente do que se fazia há quinhentos anos, nem do que se fará por mais cem, duzentos, se a literatura sobreviver, não virar taxidermia. Pois bem, estou persuadido de que este é o livro que sempre quis escrever e que adiei a cada nova empresa, todas as anteriores, mesmo consumando-as segundo a esquematização inicial. Já imagino o verbete e, abaixo do meu nome, acompanhado de data de nascimento e morte, o seguinte:

> "*Os encantos do sol*, um relato semiautobiográfico, é seu melhor livro. Não é um romance-documento genuíno, está mais para uma novela de costumes, e meio que picaresca, com peripécias amorosas em excesso e o velho blá-blá-blá irônico de fins do século XX e início do XXI, que contaminou tantos romances e filmes de equívoca qualidade. Nos anos subsequentes, o autor não confirmou nem o vigor nem a criatividade ali expressos, contentando-se em esboçar dilemas de uma sociedade em crise, mas bovina, satisfeita, a rir de si mesma. O romance *O sol sobre tudo*, uma narrativa de verão, também merece destaque pelo que encerra de paradoxal e sufocante nas relações humanas. Bem como o volume de narrativas interligadas, *Os urineiros*, que narra a história de cinco amigos que, ao término de suas farras noturnas, ao sol da manhã, param numa árvore e urinam, profusamente. O tempo passa, a vida de cada um se transforma e, quando eles retornam à cidade e reencontram a árvore, ela está morta. Foi contista de valor, mas pouco dedicado ao gênero, legando ao público *O cão no elevador*, com duas dezenas de narrativas ligeiras e atraentes. Deixou vários relatos inacabados, sobre os quais a crítica se debruça com exagerada avidez e injustificada curiosidade".

É um prazer supremo e inigualável escrever estes breves pastiches de história e crítica literárias. Agora entendo o que sentem os comentadores, tanto quanto os comentados: orgasmo.

Me deitei, afinal, com o roteiro em mãos para estudá-lo. Mas Polly não me saía da cabeça. Estava linda naquela noite, e falou tanto e tão bem, com tal desenvoltura e propriedade, que me encantou, completamente. Inclusive, percebi que, quando ela ficava com raiva, sua beleza se acentuava, tornava-se mais hostil e impetuosa. Seu acesso de cólera por saber que Victor me segredava as intimidades de ambos na cama me fez lembrar de uma vez em que saímos os quatro – eu, Virge, Victor e ela. Adrina estava viajando, e Virgínia achava que Polly era apenas uma aluna mais próxima de Victor, espécie de colaboradora ou assistente – o que em certo sentido não deixava de ser verdade... Durante o jantar, por efeito da bebida, Polly se alterou e, bonita como nunca, saiu com essa:

– Costumo olhar para todos os lados, e isso irrita meu noivo. Ele pensa que estou olhando para outros caras, e estou sim, mas não é o que ele pensa, apenas avalio se eles me olham e me desejam. Toda mulher, acho, faz isso ou, se não faz, deveria fazer. Sem a certeza de que somos olhadas e desejadas, não podemos viver...

Ficamos os três olhando para ela, meio absortos e incrédulos.

– E, depois de tanto olhar, o que você faz? – Victor perguntou, com um sorriso gaiato.

– Nada. Ou melhor: me fecho. Quanto mais um homem me admira, mais forte me sinto e mais o desprezo!

– De hoje em diante sou cego – falei, fascinado com sua beleza.

Todos riram da piada, menos Virgínia. Naquela época, ela ainda fingia alguns orgasmos comigo, mas, presa a algum resquício de moralismo familiar, não tinha coragem de fazer o mesmo com outros homens, caso contrário não se importaria com o meu arrebatamento por Polly; até veria, no episódio, uma justificativa aos seus repasses sexuais. De pronto, percebi o silêncio de sua reação, seu ar de desdém misturado a ciúme e despeito por se ver rejeitada, substituída em minha preferência por uma pirralha. Contudo, agora, ao meu lado, na cama, estava mais fria que pedra de sepultura. E nem um pouco interessada em se excitar. Ainda que tivesse um tumor no cérebro.

Depois de rever Polly e ir com ela ao cinema, eu estava apaixonado. Ou melhor: neoapaixonado, pois também o estivera antes, quando ela passava as tardes com Victor no apartamento em Nazaré. Só não quis aceitar a realidade. Achei que era um efeito natural em mim, motivado por sua beleza juvenil, sem mácula, que é o que nos faz olhar três, quatro vezes, no ônibus ou na fila do banco, um rosto de garota. Em suma, achei que não era nada de mais. Apenas um surto passageiro. Pois estava enganado: passara como uma nuvem, mas voltara como um pássaro migratório.

– Por que você não apaga a luz e dorme? – Virgínia resmungou, sonolenta e chateada.

Uma esposa amorosa diria: "Onde você esteve?" E eu, de minha parte, não poderia lhe dizer: "Porque Polly não está ao meu lado..." Então falei:

– Não tenho sono.

Não, não tinha mesmo. O que eu tinha era uma ereção sem tamanho.

Galáxias gêmeas

No dia seguinte, fui ao escritório da tal Geórgia. Sempre achei esse nome muito bonito. Aliás, todos os nomes femininos oriundos de nomes masculinos são maravilhosos, despertam uma atração irresistível: Paula, Fernanda, Roberta, Flávia e até Ricarda. Atestam uma espécie de prévia posse do macho sobre a fêmea. E deve ser uma experiência única amar uma Ricarda. Casar então:

– Sr. Dino, aceita Ricarda como sua legítima esposa?

– Sim!

Ou:

– Sr. Dino, aceita Victória como sua legítima esposa?

– Sim! Sim!

– Não, padre! Quem vai se casar com ela sou eu, pois me chamo Victor. Sou seu cônjuge ideal, o legítimo marido.

Era isso que aconteceria, sem dúvida. Pois Victor era um legítimo vencedor. Devoraria todas as carnes da suposta Victória e, enfim, saciado, me passaria os ossos. Mais ou menos assim: eu iria ao seu apartamento em Nazaré e lá, sério, ele me entregaria, entre um copo e outro de cerveja, um grande saco de aninhagem, cloc, cloc, cloc...

– Que é isso?!

– Os ossos de Victória para você roer. Bom proveito. Outra coisa, lembra de Geórgia? Só não lhe passei ainda sua ossada porque não a consegui devorar de todo. Espere mais um mês ou dois...

Geórgia era extremamente gorda. De uma obesidade quase mórbida. Alimentaria de uma sentada toda a Etiópia. Quando a vi, não acreditei. Tinha um rosto belíssimo, de traços suaves, pele de seda e olhos profundos, sensuais, paradigmáticos. Pareciam galáxias gêmeas, compostas apenas de água, luz e cor, um verde pálido e luminoso que, de alguma forma, se prolongava na gente, como a sensação de um choque, um golpe, uma carícia. À noite, quando me encontrei com Polly, aqueles olhos ainda me acompanhavam e me dividiam.

– Você está estranho – Polly disse.

– Não, não é nada não.

– Você agora é niilista?

– Não – respondi, intrigado. – Por quê?

– Quatro palavras negativas numa frase tão curta...

Sem dúvida que Geórgia me impressionara.

– Está bem, desculpe, estou preocupado com um roteiro que preciso escrever – e lhe contei toda a história.

Estávamos numa lanchonete, e nossos sorvetes iam pela metade. Eu tinha idade para ser seu pai, e era exatamente isso que as pessoas à nossa volta estavam pensando, sem dúvida. Numa mesa próxima, uma mulher idiota, abarrotada de pacotes, e que se lambuzava sobre uma taça em companhia de uma outra, ainda mais abarrotada, de modo que a cadeira ao seu lado mais parecia um carrinho de compras, olhou-nos e cochichou, isto talvez:

– Veja aqueles dois. Pai e filha tomando sorvete. Lindo, não? E tão felizes!

E, por um instante, as duas me pareceram tão patéticas quanto os leitores de Joaquim Manuel de Macedo.

– Posso te ajudar no roteiro, se você quiser.

Fui ácido:

– De que modo? Posando nua pra mim? Seria incrível, eu adoraria. Só não sei se conseguiria trabalhar... Provavelmente não. Além do mais, tem seu noivo...

Polly riu, depois disse:

– Falo sério.

– Sei disso. Desculpe a brincadeira. É que aceitei esse trabalho e não sei por onde começar.

– Comece por ler alguns gibis. Tenho alguns em casa. Posso te emprestar.

– Taí, é uma boa ideia!

Fomos então para o seu apartamento, na Vitória. Lá continuamos a tomar sorvete. Era tudo o que ela possuía na geladeira, além de uma bisnaga de calda de chocolate e um pote de iogurte, aberto havia um mês.

Depois que folheamos os gibis, Polly me perguntou se eu não queria assistir com ela, no DVD, ao célebre filme do Domingos Oliveira, um dos 10+ brasileiros, *Todas as mulheres do mundo*.

– Claro – falei, entusiasmado –, é um dos meus preferidos.

– Leila Diniz está tão bem, tão bonita!

– Não tanto quanto você – brinquei.

– Ora! – gemeu Polly, acanhada.

– E não é? Afinal você está viva, posso te tocar...

Polly parou com o disco na mão, a gaveta do DVD aberta.

– Você tá querendo me seduzir ou isso é só uma piada?

– As duas coisas – arrisquei, gozador.

Ela largou o disco e me beijou na boca. Lenta, calmamente, bem diferente dos filmes hollywoodianos, cujos amantes estão sempre com pressa e, para simular agressividade e selvageria sexuais, trepam em elevadores, escadas ou em meio a uma profusão de objetos caseiros, que vão ficando para trás, aos pedaços, símbolos mortos do furacão que passou e morre agora sobre o tapete ou entre lençóis. Conosco não se deu isso. Continuamos vestidos, e tudo à nossa volta permaneceu intacto e em paz. Se éramos mariposas alucinadas em torno da luz, ainda não chegara a nossa hora. Apenas nos bolinamos um pouco, sem maiores consequências. Ao fim, Polly se afastou, foi até a janela e ficou apreciando os barcos ancorados na enseada do Iate Clube. Me aproximei dela e a abracei pelas costas, com volúpia. Meu pau, duríssimo, roçava suas nádegas.

– É melhor você ir – ela disse. – Não quero repetir a experiência com Victor.

Tentei argumentar:

– Ora, ele era seu professor; eu não. Digamos que estou entre ele e seu noivo...

Mas para Polly era a mesma coisa. Se nossas idades se equivaliam, tudo o mais se equivalia. Nossas ferramentas tinham a mesma medida, eu ia descartá-la mais cedo ou mais tarde e ainda contaria para meia dúzia de malucos que conheço como ela fazia amor e gritava e chegava ao orgasmo. Essas coisas. E que adorava ficar de quatro...

– Vá embora – ela ordenou.

Naquela noite, quando Virgínia me perguntou, mais uma vez, por que eu não apagava a luz e ia dormir, tomei sua mão e a coloquei sobre meu pênis. Ela a recolheu imediatamente.

– Ora, vá dormir! – ordenou.

Uma me mandou embora, e a outra me mandou dormir. O que Geórgia diria se eu a convidasse para ir a um motel? Provavelmente, olharia com desdém meu corpo magro e pouco atlético e, balançando a cabeça, me aconselharia a pegar um pouco mais de peso para poder encará-la.

– Quando estiver com 110, 120 quilos, me telefone...

O visitante

Pela manhã, ao me levantar, ainda achei Virgínia na cozinha, tomando café. Apesar da atormentada noite de sono, estava muito bonita, muito elegante, muito sensual. Fiquei envergonhado de beijá-la e, assim, só a cumprimentei, frio, um ar de culpa e acanhamento, como se pela primeira vez tivéssemos passado a noite juntos – dois estranhos numa cama estranha ao longo de uma noite excêntrica. Com um copo d'água na mão, me sentei do outro lado da mesa, o mais distante possível, e mal a olhei. Uma fatia de sol derramava-se sobre a fórmica, como a lâmina branca de uma cicatriz a separar nossos sonhos matrimoniais: de um lado o meu embaraço, do outro a sua indiferença. O marido fracassado, a esposa evasiva. Mais tarde, pensando acerca desse momento, concluí que pela primeira vez depois de anos despertáramos estranhos um ao outro. O motivo talvez fosse minha audácia em trazer, na noite anterior, sua mão sobre meu pênis, e ainda mais que ele se encontrava túmido, e não por ela, mas por outra mulher, e bem mais jovem. Não me lembrava de ter feito isso antes, mas, seguramente, se fiz, não foi com o pensamento noutra mulher. Sendo assim, e em vista da reação de Virgínia, supus que aquela fora a primeira vez e única. Não me surpreenderia descobrir que, ao retirar a mão, ela o fez por triscá-la num fogo que não era por ela, muito menos motivado por sua beleza, sua sensualidade, sua nudez. Nem despida estava, aliás. Como poderia então me excitar? Há um bom tempo vinha dormindo com um pijama novo que só expunha sua cabeça, tornozelos e mãos, gola quase a sufocar-lhe o queixo. Brochante. E nem estava fazendo frio. Era como se eu dormisse com um homem. E quando eu a abraçava de madrugada, ainda que em meio ao sono, motivado por algum sonho impreciso, e meu ventre colava em sua bunda ou avançava contra seu útero, Virgínia ou se virava para o outro lado ou escapava da cama para ir ao banheiro urinar, mais dissimulada que um *outdoor*. De início, achei que isso era natural, depois tentei me convencer de que era uma coincidência, mas logo, estabelecida a repetição, tanto nas noites quanto durante as tardes de folga em que, saciados do farto almoço, desabávamos no sofá, compreendi que sua atitude não passava de estratégia, uma fuga gradativa aos seus compromissos de esposa. Reconheço que Virge – era assim que eu a chamava na intimidade – nunca fora de se derramar sexualmente, nem comigo nem com ninguém, não de maneira explícita, e menos ainda em público – era a própria reencarnação do pudor –, mas, de vez em quando, na escuridão segura do quarto, entregava-se desejosa, ardente e, às vezes, até assumia as rédeas. Me procurava, portanto – a mão como um animal que esmiúça a presa. Nos primeiros anos, sobretudo, isso foi mais intenso, embora não tenha ocorrido mais que oito ou dez vezes, se muito, ao longo de toda a nossa união. Agora, porém, o animal estava quieto, sonolento, e ela, muda, afastada, fria. E isso já durava alguns meses, longos meses. Portanto, fiquei surpreso quando, de repente, Virgínia largou a xícara sobre o pires e disse, num tom de interesse e cobrança:

– Aonde você foi ontem à noite?

Pensei que ela já não se importasse com minhas ausências à noite, ela, que já se encontrava psicologicamente ausente, apática, imersa em outras águas. Falei quase a verdade: que caminhava pela Vitória, quando esbarrei com Polly – "Lembra de Polly?", perguntei, com uma falsa euforia, mas Virgínia não demonstrou nenhuma reação –, e que ela me convidara para ir à sua casa, tomar um café, conversar, e que eu acabara por me estender mais do que devia – "No bom sentido", esclareci, antes que fosse mal compreendido...

– E lembramos nossas saídas e jantares, eu, você, ela, Victor e Adrina – ajuntei, depois de uma pausa.

– Enquanto isso eu ficava aqui, sozinha!

Pouco à vontade e, de certa forma, espantado, entontecido com a sua reação, estiquei-me sobre a mesa e, olhando-a firmemente, deixei escapar minha queixa.

– Mas ultimamente você tem chegado tarde, sempre trabalhando... Nem fomos ao cinema anteontem...

– Sim, e daí? Você foi...

– Certo. Fui. Mas foi você quem disse que era pra eu ir...

– Disse...

– Então!?

Ela falou, ao mesmo tempo em que se levantava para lançar a xícara dentro da pia, que se partiu junto com o pires:

– Você sabia que ela trepava com Victor?

– Quem?

– Sua Polly, sua Polly! – gritou, voltando-se.

E deixou a cozinha. Fiquei ali, inerte, desolado. Minha Polly... Era incrível! Se Polly pelo menos já tivesse sido minha, até justificava. Mas não: ela me mandara embora, assim como Virgínia me mandara dormir...

E então a porta da frente se abriu com estrépito e bateu, violentamente. Eu estava só.

– Com certeza, ela não foi embora – não ainda –, mas você está bem encrencado...

Olhei o visitante e, de pronto, o reconheci. Bem vestido, porte ereto, ar melancólico e, no fundo, irônico. Nem tive tempo de me surpreender. Bentinho já desabara, afastado, num banquinho entre a geladeira e a pia, e falava:

– Ela está com ciúmes. E isso não é normal. Sinal que anda aprontando. Tem algum Escobar na jogada. Fique de olho. Comigo e Capitu foi assim. Acabei assumindo um filho que não era meu... Bem, você conhece a história, mais até do que eu mesmo.

– Você acha que Virge está...?

– Acho. Você é quem deveria sentir ciúmes, e não ela, pois, afinal de contas, ela tem se ausentado com frequência, e por motivo de "trabalho", que é a pior das desculpas, a mais manjada, de marmanjo, de malandro. E já tem algum tempo que vocês não transam, não é? E a responsável por isso é ela, não há dúvida, já que você a procura sempre que tem vontade, e ela se esquiva, se tranca.

Pensativo, ofereci a Bentinho uma xícara de café. Ele a sorveu em silêncio, por longos minutos, e depois se despediu. Eu ficaria grato se ele não voltasse nunca mais de minha imaginação para o convívio à minha volta. Mesmo porque sua influência, com toda aquela conversa e o evidente ar de intriga, poderia ser funesta. Mas ele voltou, naquela manhã mesmo, durante a minha luta com o roteiro. Disse que tinha vindo me aconselhar a ligar para Polly e marcar um encontro.

– Ela está doidinha por você. Tudo aquilo que disse é charme, jogo de mulher. A essa hora, já pensa até em dar um pontapé no noivo, se é que há noivo...

– Não exagere.

Ele estava às minhas costas, olhando por sobre meu ombro a tela do computador. Eu apenas resumira a algumas linhas o argumento do roteiro e começava agora a rascunhá-lo.

– Posso dar uma sugestão? Comece por esboçar uma situação inicial e descrever o cenário com duas ou três frases curtas. É a técnica mais eficiente, pois não cansa o leitor.

Fiquei indignado:

– Quem é você? Machado de Assis? Por que não vai ver por onde andam Capitu e Escobar?

– Se você prefere assim, voltarei à minha *História dos subúrbios*.

Todavia, ao ficar sozinho, me deixei levar pelo que Bentinho dissera e acabei ligando para Polly. Ela de fato queria me ver. Então marcamos um encontro para o fim daquela tarde, na biblioteca pública. Lá, deixei-a sentada à mesa de leitura e fui ao setor de empréstimo. Quando voltei, desanimado, Polly perguntou:

– Que houve?

– Nada. Não encontrei o livro que procurava. Parece que sumiu. Consta do fichário, mas a bibliotecária não acha.

– Que livro?

– *Um momento de ira. Una nuvola d'ira* – e impostei o melhor de minha dicção macarrônica.

– É sobre o quê?

– A história de um triângulo amoroso que acaba mal... Um encontro hoje com um amigo me inspirou a relê-lo.

Polly não deu nenhuma importância ao que eu disse. Livro por livro, preferia o que estávamos vivendo. Falou:

– Precisamos decidir o que fazer.

– Decidir?

– É.

– Mas...

– Você tem que contar a Virgínia. Resolver tudo, se quisermos ficar juntos...

Me levantei, dei uma volta em torno de Polly, suspirei.

– Não sei. Ela vai sofrer.

– É inevitável.

– Sim, mas não gosto de ver ninguém sofrer, não aguento ver choro. Cê sabe, até nos filmes isso me entristece. Vem nos olhos. Fico melancólico, infeliz, parece que é comigo. Mas não me culpo: devo estar na fronteira entre o sentimento barato e a idiotia absoluta.

Polly também se levantou, e me abraçou. Seu corpo estava quente, e suas roupas exalavam um suave odor de flores. O beijo veio naturalmente, como nos filmes. Demoramos pouco nisso, mas o suficiente para que outros desejos despertassem. Falamos praticamente juntos, quase em uníssono:

– Vamos viajar!

Rimos. Mais tarde, num restaurante da Barra, lhe passei os primeiros esboços do roteiro. Ela o folheou.

– Segui as dicas de um amigo...

– Quem?

Desconversei:

– O Bento... Você não conhece...

– Bento! Que nome antigo!

O garçom nos trouxe o cardápio. Pedi uma bebida, e Polly uma água mineral gaseificada. Ela mal olhara o garçom, estava lendo o roteiro, com ar crítico, olhar severo.

– Parece bom. Eu gosto. Apesar do excesso de informação histórica e científica.

– Mas isso é necessário – argumentei, na defensiva.

– Mesmo assim, acho que você demora muito a apresentar o personagem e entrar na história. Quero dizer: depois de tanta informação, ainda perde tempo com o ambiente, detalhando-o, mostrando o amanhecer, as pessoas nas ruas, o sol entrando pelas janelas... Deveria ser mais preciso, mais enxuto. Não é literatura. É só um roteiro de quadrinhos.

Dentro da bolsa, seu celular começou a tocar. Ela o apanhou e saiu quase correndo para o banheiro. O palco da conspiração. É no banheiro, em colóquio, que as mulheres decidem tudo: a reviravolta, a dobra dos homens, a supremacia. E pensei que, quanto mais admiramos uma mulher, mais nos deixamos abocanhar. Um dia só nos restarão os ossos, polidos pelos belos lábios.

Polly voltou:

– Disse tudo!

– Tudo o quê?

– Sobre você e eu. Para meu noivo.

– Polly!

– Era preciso. Não podia continuar a enganar o cara. E agora você tem que falar com Virgínia.

Mas eu não tinha coragem, nenhuma. Por mais que ela já não fosse tão completamente minha mulher, eu a amava. E ainda havia todos os dias e anos que passáramos juntos. E que não eram poucos. Jogá-los fora seria como pôr toda a estante num saco, sem qualquer critério, e entregar ao dono do sebo por míseros centavos. Não. Ao menos por enquanto, eu tinha que encontrar uma solução alternativa e menos drástica.

Eu tomava banho quando Bentinho reapareceu, ainda mais sarcástico.

– Minta. Ela também está mentindo. Veja: uma e trinta da madrugada, e a esposa "fiel" ainda não chegou.

Era verdade. Levei Polly em casa, fiquei lá um bom tempo, agarrando-a no sofá, depois lanchamos, e ela dormiu. Quando a deixei na cama, exausta como uma criança, batia uma hora.

– Virge nunca chegou tão tarde! – admiti.

– Isso se chegar... – ele disse, sombrio.

Aborrecido, deixei o banheiro, batendo a porta em sua cara.

Por volta das três e meia, Virge escorregou seu corpo frio para debaixo do lençol. Fingi que dormia. Ela não me abraçou. Dormiu todo o tempo virada para o outro lado, numa espécie de antecipação do que estava por acontecer. Senti sua falta. Falta de seu corpo, de sua pele, de seu calor, embora ela estivesse a apenas dois palmos de mim.

A viagem

Na manhã seguinte falei que precisava viajar. Ir a Lus buscar cenário para o roteiro. Virgínia deu de ombros. Recusava-se a falar comigo. Qualquer que fosse o assunto, sua resposta era o silêncio. Me fazia o único culpado das diferenças que nos afastavam. E não era bem assim. Ela vinha me abandonando há tempos, me arrancando aos poucos da estante e me atirando às caixas, aos sacos.

– Aproveite e leve sua Polly – disse e mais uma vez me deixou sozinho, à mesa do café.

Minutos depois, como no dia anterior, a porta se abriu e fechou. Antes que Bentinho chegasse, liguei para Geórgia e disse que naquela manhã apareceria para lhe entregar as primeiras páginas do roteiro, doze ao todo e mais duas esboçadas. O dinheiro que ela me pagou deu de sobra para financiar minha viagem com Polly.

Foram as melhores núpcias de minha vida. Seu corpo jovem era ao mesmo tempo um prazer e um desafio. Parecia insaciável. E seu entusiasmo por sexo compensava sua relativa inexperiência na variação de posições e desejos. Cheguei a crer que a diferença de idade que nos separava era, em suma, a ideal para todo homem e toda mulher. Nos deixava ajustados. Foi como se meu desejo encontrasse seu espelho no vigor e na volúpia que a alimentavam. Se ela me queria, eu estava pronto. Se eu me aprontava, ela logo se deixava animar, naturalmente, numa simetria até então impossível, irreal. Compreendi o porquê de Victor tanto se esforçar por manter seu apartamento em Nazaré sempre aberto a suas alunas malsucedidas nas provas. Elas lhe insuflavam vida. Eram como pedaços de sonhos, de utopias, a substância que o mantinha de pé.

Nua

Na praia, de biquíni, Polly era uma atração à parte. Bela, jovem e sedutora. De passagem, homens e mulheres a avaliavam pelo canto dos olhos. Outros e outras, descaradamente, sem lhe tirar o ferrão de cima. Da água, vi que dois vendedores ambulantes estacionaram à sua volta, abaixados à sombra do painel de tecido em que espetavam, como insetos mortos, sua mercadoria: pulseiras, brincos e demais ornatos femininos. Não tiravam os olhos das coxas de Polly, motivados pelo fato de que tanta beleza não poderia andar despida de quinquilharias que a acentuassem. E Polly não usava nada, nem pulseiras, nem tornozeleiras, nem brincos, nem anéis, nem colares.

– Nunca gostei – ela tinha me dito, dias antes, na cama.

– Nem quando criança?

– Não. Eu chorava quando minha mãe queria me colocar algum enfeite.

– Curioso, pois as mulheres não perdem a chance de se encher de contas, miçangas e outros adereços. Algumas parecem uma escola de samba.

Polly riu.

– Eu não!

E ficou olhando a sombra dos coqueiros no teto do quarto. O vento os fustigava sem fúria, como se os acariciasse para a imersão no sono.

– Só uma vez usei algo no pescoço, por insistência de meu pai. Foi no carnaval, eu era pequena, e ele me colocou uma medalha com seu nome, endereço e telefone. Mas teve que se esforçar muito para me convencer a ficar com aquela coisa.

– Ele não queria te perder...

Ela me olhou dentro dos olhos, com uma afeição que há muito tempo eu não via em uma mulher. Se é que alguma vez a encontrei. Talvez em minhas paixões de infância, já esquecidas.

– Não – disse.

– Nem eu – murmurei, e nos abraçamos. Depois ela se virou e pediu que a acariciasse nas costas.

Voltei da água.

– Você deve estar feliz.

– Estou, claro. Estamos juntos, há este mar, este sol, claro que estou feliz!

Me sentei do seu lado, o corpo a gotejar, os olhos ardendo de sal.

– Não é isso.

– Não? – ela enfim me olhou. E baixou os óculos escuros, num gesto professoral, como se examinasse um texto ou quisesse repreender um aluno. Me perguntei se não absorvera este trejeito do convívio com Victor, o próprio ator-exibição em sala de aula.

– Não – reforcei –, quero dizer que mais do que nunca você está sendo observada...

Polly compreendeu e sorriu. Com a minha presença, os ambulantes tinham ido embora e só algumas pessoas, à nossa volta, se intimavam a continuar olhando. Outras, no entanto, e, em geral, homens bem jovens, reforçavam os olhares, pois achavam que eu fosse seu pai, jamais seu amante. Sonhavam em poder, a qualquer momento, apertar minha mão, mais tarde bater à minha porta e, enfim, de madrugada, enfiar a cara em minha geladeira vestidos só de cueca. Uns punhetas!

Na noite seguinte, lhe dei um presente. Uma ironia, é claro. Uma pequena medalha com meu nome, endereço e telefone... Polly a usou durante alguns dias, depois a arrancou e esqueceu. Preferia andar nua.

O garanga

Avancei pouco no roteiro, mas muito sobre o corpo de Polly. Satisfiz muitos dos seus desejos e curiosidades. E foi assim que soube que Victor era um amante medíocre.

– Medíocre? – me surpreendi.

– É. Acredite.

– Não. Você está é puta com o que ele fez...

– Não, é medíocre sim. Ao menos comigo, pois não me deixava gozar. Vinha sobre mim e logo arriava.

Dei risada.

– Sério?

– Sério.

– Então aquelas garotas todas... são porque ele não consegue satisfazer nenhuma, e precisa trocar de parceiras, eternamente...?

– Talvez. Um Casanova às avessas.

Rimos juntos. Estávamos meio bêbados. De álcool e da posse mútua de nossos corpos. Tínhamos transado a tarde inteira. E agora, com o calor, o álcool e a exaustão, a adolescência nos voltava, com seu matraquear de risos.

– Quem diria, hein? E eu que pensava que o cara era o grande fodão, o sedutor, o irresistível, aquele sujeito sobre quem as mulheres caem como moscas no açúcar! O maior garanga!

E Polly quase perdeu o fôlego, de tanto rir. Se eu a acompanhasse, teria um ataque cardíaco.

– Bem, é! – ela disse, ainda rindo. – Mas, no momento crucial, carrega a cruz.

– Adrina deve continuar com ele por piedade – acrescentei. – É uma santa!

De repente, Polly parou de rir:

– Ela gosta de você...

– Quem? Adrina? Não!

– Sim. Gosta. De verdade, está estampado em seus olhos.

– "Estampado em seus olhos", onde foi que você achou isso? Andou lendo José de Alencar?

Polly me deu um soco, que não foi além de uma carícia.

– Sério, ela gosta – disse.

– Não tenho nenhuma chance.

Ela se levantou. Não propriamente furiosa, mas decepcionada.

– Então, se tivesse, você não perderia a oportunidade, não é?

Tentei trazê-la de novo para a cama. Ela resistiu.

– Não foi isso que eu quis dizer – falei.

– Foi sim. Ainda que inconscientemente ou por brincadeira. Mas foi.

E se desvencilhou e entrou no banheiro. De lá, sob o jato do chuveiro, gritou:

– Como todo homem, você tem o pensamento cheio de coxas, seios, ventres e bundas...

– Xiiii! Fale baixo!

As finas paredes do quarto nos traziam à noite uma orquestra de gemidos.

Mas Polly descambou para a ironia e, com um sarcasmo crescente, começou a cantar, num ritmo insuportável, de manhã em jardim de infância, a professora no meio e as crianças em volta:

– Coxas, seios, ventres e bundas... Bundas, ventres, coxas e seios... Coxas, seios, ventres e bundas... Bundas, ventres, coxas e seios...

Só parou quando eu a abracei e me dispus, como um lacaio, a ensaboá-la.

– Ai! – gemeu.

E me beijou na boca, com uma volúpia hostil, agressiva.

Ausência

Bentinho não apareceu uma vez sequer durante nossas núpcias. A felicidade não era com ele.

Blefe e bife

Voltamos, uma semana depois, tostados de sol. Virgínia tinha saído de casa. Estava tudo abandonado, e por pouco Herberto, o gato, não morrera de fome. Mal conseguia miar. Levei-o para o apartamento de Polly.

– Que gato estranho!

– É.

– Como se chama?

– Herberto.

– Her-ber-to?! – sua expressão era de nojo.

– Foi uma amiga quem o batizou. É uma homenagem ao escritor Herberto Sales. Conhece? Já leu?

– Não.

– Nem eu.

Deixei-a intrigada com o gato e fui procurar Virgínia. Sua secretária me introduziu na sala sem me anunciar, apesar de eu não aparecer por ali havia mais de um ano. Claro que me esperavam, a qualquer momento. Havia uma geleia no ar, e não era doce.

Virgínia me recebeu por trás de sua longa e pesada escrivaninha. Estava diferente, de cabelo liso e com uma discreta maquiagem. O cenho fechado expressava impaciência, amargura.

– Que viagem, hein?

– Foi a trabalho. Era preciso.

– Sei. E as fotos? – ela disse, se empertigando na cadeira.

– Fotos?

– É. Do cenário...?

Fiquei sem saber o que dizer.

– Ou você foi para lá em busca de outra coisa?

– Mas, Virge...

– Não me chame mais assim! Não quero saber de mais nada. Já sei o bastante, que a garota foi com você, e não ligo pra isso. Na verdade, ela até me ajudou a tomar uma decisão. Tô fora, Dino. Fora! Siga sua vida, que sigo a minha, pois tô numa outra. E mais feliz, bem mais feliz. Passei uma semana que não imaginava existir.

Era óbvio que ela tinha alguém, e era ainda mais óbvio que meu caso com Polly a fizera apressar as coisas. Ou, como ela mesma disse, a se decidir, a dar um basta, se balançar para outra vida...

– Quem é ele? – falei, me sentando.

Ela se levantou, deu uma volta, foi à janela, olhou o mundo. Um caos.

– Não é ele... É ela.

Depois de um segundo, sem me dar tempo de recuperação, abriu a gaveta, apanhou uma pasta de cartolina e me entregou.

– Os papéis do divórcio. Há muito mais vantagens pra você do que pra mim. É a sua recompensa.

E ordenou que sua secretária me acompanhasse.

Mal saí do prédio, Bentinho apareceu. Foi me seguindo na rua.

– Cara, por essa ninguém esperava! Nem mesmo os leitores – disse.

– Me deixa! – falei. E um sujeito que ia passando por mim, na calçada, parou e respondeu:

– Qual é, cara? Nunca te vi! – e me olhava com ódio, parado no meio da multidão apressada.

Fui em frente, antes que o desconhecido resolvesse me aparar dos excessos. Bentinho continuou:

– Estou realmente surpreso. Quem diria? No meu tempo, isso seria um escândalo.

Eu mal o escutava. Não me conformava com o fato de ter sido trocado por uma mulher. Me sentia péssimo, flutuando sobre uma trilha de ferros pontiagudos, à espera do tombo. O que Virgínia encontrara em sua parceira que eu não possuía? Era esse o mistério, o que realmente importava. Talvez simetria, reciprocidade, reflexo. Menos impulso e mais carícia. Um mundo de fácil reconhecimento, como um livro que se lê pela segunda ou terceira vez. Virilidade e ritmo substituídos pela delicadeza da carne ou pelos segredos da pele.

– Blefe – falei, e mais uma vez um transeunte parou e me olhou, intrigado. Devia ter entendido, por equívoco:

– Bife!

E era mesmo. Com aquela cara, certamente não tinha mulher, nem amigos, nem trabalho. Um pedaço de carne apodrecendo, atarantado.

Bentinho desaparecera.

Polly e Virgínia

Polly se mudou para o meu apartamento e deixou de comparecer às aulas de Victor, o vitorioso. Não trouxe muita coisa: três ou quatro malas, uma caixa com livros e discos, e Herberto, mais gordo e com o pelo em mutação, chegando a um cinza negro, limoso, tumular. Mais irascível que nunca, especialmente comigo, a quem atribuía os maus dias que passara, o gato não permitia mais que eu o tocasse. Confinado a um silêncio quase pastoso, aferrado ao tapete da sala, parecia não ter mais do que reclamar, exceto das ausências de Polly. Quando a via arrumar-se para sair, gritava logo, como um bebê chorão que não tolera a ausência da mãe. Ela era obrigada a voltar, lançar-lhe comida na tigela, disfarçar e finalmente sair. Mal descobria que fora ludibriado – e não fora a primeira vez –, ia para diante da porta e ficava a olhá-la, concentrado, como se assim pudesse fazer Polly voltar.

O roteiro ia bem, quase na metade. Eu avançava e o polia diariamente, observado por Herberto, que, embora alheio, sem jamais interferir, nem mesmo para pedir comida, de vez em quando soltava um miado, de desagrado talvez, em especial quando a impressora começava a trabalhar, mais ruidosa que a escavadeira lá fora, a fazer de mais um terreno baldio outra verdade de pedra.

Uma tarde, sem nenhum aviso, Virgínia veio buscar suas coisas. Felizmente Polly tinha saído, pois, se Virgínia a visse, não sei do que seria capaz. Para alguém que dissera estar em *outra*, e feliz, ela não parecia nada bem. Muda, tensa, impaciente, ia de um cômodo a outro, como uma brasa de mão em mão. Eu a seguia, e isso a deixou ainda mais irritada. Por duas vezes, ao se voltar, achei que fosse me bater, e até levei a mão ao rosto. Ela reagiu, os dentes trincados, expressão de fúria:

– Você é ridículo!

Decidi dar uma volta e, quando retornei, ela tinha limpado o apartamento de todo vestígio de sua presença. Apagara até a marca dc suor de seu ombro, quando, na cama, de bruços, encostava-se à parede. Ficara uma mossa branca na camada de massa da pintura, efeito de sua mão trabalhando violentamente a esponja molhada. Voltei pelo corredor para a sala, meio tonto. De sua sisudez no tapete, Herberto me olhou quase como se sorrisse. Depois, ergueu-se e me virou as costas. Dizem que quando um gato preto atravessa nosso caminho é azar, na certa. Mas, e quando ele é cinza-escuro e, por desprezo, nos vira as costas?

Os tolos de alguém

Apesar de jovem, Polly era uma ótima companheira. Carinhosa, delicada, sensível e engraçada. Quando o assunto era sexo, propunha às vezes correr risco, experimentar. Eu ficava desconcertado.

– Mas todo mundo faz isso! – ela retrucava.

– Eu não. E você é o quê? Garota de programa?

– A garota do seu programa.

Gostava muito de ler e, por minha influência, começou a rabiscar poemas e contos. Ora eu elogiava suas criações, ora descia o malho. Mas com sinceridade, sem inveja, por motivos estéticos. Íamos vivendo bem, portanto. Não perdíamos um bom filme, saíamos para jantar, íamos a exposições de arte, a concertos de música e a alguns lançamentos de livros, dos poucos autores que por aqui não escreviam o óbvio. No Cinema do Clube Baiano de Tênis compramos um pôster original de *A dama de Xangai*, de Orson Welles, que, emoldurado em vidro e metal, foi parar na parede principal da sala. Quando comemoramos um mês juntos, lhe dei de presente o DVD do filme. Nem sei quantas vezes ela assistiu aos seus últimos três minutos, e sempre de olhar vidrado, como uma criança diante de seu brinquedo, indiferente ao mundo à sua volta. Era a sequência em que a personagem de Rita Hayworth, mortalmente ferida, pede auxílio a Michael, interpretado por Orson Welles, que simplesmente lhe vira as costas e começa a refletir: "Fui chamar os tiras. Sabia que estaria morta quando chegassem. E eu estaria livre. A carta de Bannister resolveria tudo. Seria declarado inocente. Mas 'inocente' não é a palavra. 'Burro' é melhor. Bem, todos são os tolos de alguém. O único jeito de evitar encrencas é ficar velho. Então vou tentar. Talvez viva tanto, que um dia a esqueça. Talvez morra tentando". Quando as últimas palavras de Welles ecoavam, e antes que a imagem se fechasse, Polly se levantava e exclamava: "Deus!" Ou: "É demais!" Às vezes: "Maravilhoso!" Minha reação não era menor, embora longe da exaltação a que ela se entregava. Talvez porque imaginasse que aquilo um dia pudesse acontecer com ela. Ou até sonhasse com isso. Aquela dor tamanha, seguida de igual compreensão, o sentido mais profundo do filme. Não sei. Nada posso afirmar. Sei, porém, que Polly admirava aquele filme mais do que qualquer outro, e esse nível de identificação é impossível de ser explicado. Excede qualquer motivo, ultrapassa a razão.

A publicação de um de seus contos num jornal literário independente coincidiu com sua demissão do emprego. Era uma ocupação chinfrim numa agência de propaganda. Em geral, atendia aos telefonemas e fazia anotações durante as inúmeras reuniões de criação coletiva, quase sempre arrematadas por um bom punhado de pó branco ou palha. O fato de ter abandonado a disciplina de Victor decidiu sua vida. Ou pelo menos a direcionou a um outro ponto. Depois de algum tempo telefonando para ela sem nenhum êxito, porquanto Polly, identificando quem a chamava, não atendia, Victor a procurou no trabalho, que, aliás, tinha sido arranjado por ele. Polly foi enfática: não queria mais vê-lo, estava feliz com o noivo e pretendia se casar, em breve. Cautelosa, não mencionou a mim, optando pela realidade anterior. Victor a arrastou para um bar. E ali brigaram. E ali mesmo ela foi demitida, pois Victor deixou claro que ela só estava na agência por sua causa.

A perda do emprego foi compensada pela repercussão que seu conto *As palavras* promoveu nos meios literários da cidade. O crítico menos exaltado terminava sua resenha cobrando, com urgência, a reunião de seus contos em livro. Claro que houve a gritaria dos ressentidos, os W, X, Y e Z da vida, que mais uma vez tentaram destronar o talento e a qualidade, em favor do amargor e da baixaria, do culto a si mesmo, do umbiguismo narcisonânico. Fiz de tudo para esconder de Polly essas críticas de bisonhos. Mas foi em vão. Um dia, no consultório do ginecologista, ela acabou tendo acesso à mais ferina de todas, que lhe apontava erros graves, inclusive jurídicos. E chorou. O bom de tudo isso foi que, naquele estado, às lágrimas, ela promoveu uma preocupação geral no consultório e foi logo atendida, à frente, aliás, de duas supostas grávidas.

As palavras, por Polly Rios

"As duas garotas foram encontradas semienterradas num mangue. Durante as investigações chegou-se à conclusão de que o assassino (em volta havia pegadas de um homem apenas) tentara enterrar a ambas num só buraco, mas, por algum motivo, só o fez parcialmente.

Não se sabe a razão das mortes, pois não foram violentadas e ainda estavam com os relógios de pulso e as bolsas, cada uma comportando uma quantia irrisória, mas que nenhum ladrão dispensaria. Há dois suspeitos, dois rapazes que foram vistos com as duas na noite anterior, num bar da Ribeira. Um dos suspeitos está desaparecido, e o outro interrogamos hoje, sem nenhum proveito. Admite que esteve com as garotas, mas alega que as deixou no bar com o outro e foi direto para casa. Os vizinhos confirmam seu álibi, pois jogavam baralho na varanda quando o suspeito chegou, por volta das 23 horas, e até o chamaram para um gole de cerveja, que ele, já meio alto, recusou. Foi dormir, então, e só se levantou na manhã seguinte, cedo. As possibilidades de ter saído, nesse ínterim, para matar as garotas são mínimas, nulas talvez. A não ser que houvesse de fato um sequestro, e ele tivesse se dirigido ao cativeiro mais tarde, depois de curtir o porre. Mas decididamente não houve sequestro, e a irmã do suspeito, que, diga-se de passagem, não se dá bem com ele, garante que o irmão passou a noite no quarto. Os indícios nos levam a crer que estamos diante de um crime de impulso, sem qualquer premeditação. Ou premeditado apenas para se fazer súbito. Estou no caso só em parte, pois uma infecção no olho esquerdo não me permite tomar sol, estar à claridade."

Fechei o diário, guardei-o na gaveta da escrivaninha, me despedi de Pablo e fui embora. Aquele era o centésimo caso do DIA. Com ele completávamos quase dois anos de trabalho árduo. Trinta por cento das investigações ainda estavam "na lata", como dizíamos: sem solução. Mas tal porcentagem superava em muito a das polícias civil e militar. Com esses números acreditávamos que tínhamos realmente nos estabelecido. O prefeito e o governador, vermelhos, certamente estavam satisfeitos.

Irma não estava em casa. Levara nossa filha mais nova ao dentista e de lá tinham ido ao *shopping*, fazer compras. Apanhei uma cerveja na geladeira, liguei a tevê e, sem qualquer concentração, deixei as cores rolar sobre meus olhos. Clara, minha filha mais velha, chegou quando a cerveja já acabara, e eu dormitava.

– Papai, você tá ficando velho, dormindo à toa... – disse, sentando-se em meu colo e me beijando.

– Estou exausto – resmunguei.

– E o colírio? Já colocou?

– Já, pedi a Alma, lá no escritório.

– E a mãe sabe disso? – ela riu. – Que o senhor fica pedindo a Alma que alivie sua dor...?

Não disse nada. Suas ironias às vezes me desarmavam.

Pouco depois Irma e Aline chegaram. Mais tarde, Pedro, meu filho. Convidei a família para comer uma pizza. Pedro não aceitou. Aos dezessete anos, começava a executar suas primeiras incursões sexuais mais sérias e pretendia, naquela noite, desabar sobre alguma garota fortuita. Saiu antes de nós, todo arrumado, embora desse jeito agressivo de hoje: *jeans*, tênis e camiseta. Fiquei olhando pela janela seu carro transpor o portão do condomínio. Um grupo de moças e rapazes conversava na calçada, à luz dos cigarros e de seus olhos em expectativa.

Clara levou seu namorado conosco. Um rapaz enorme, um pouco mais velho que ela, de vasta cabeleira negra, sorriso fácil e gestos efeminados. Um minuto mais e nasceria mulher. Mostrou-se espirituoso e disposto a discutir sobre os fatos políticos atuais, o que me surpreendeu e também me agradou. Rachávamos a segunda pizza, quando três celulares tocaram simultaneamente, como instrumentos sendo afinados minutos antes de um concerto: o meu, o dele e o de Clara.

Era Pablo:

– Tenente Wilson?

– Sim?

– O legista quer falar com o senhor.

– Qual deles? – falei, baixo, em respeito às outras mesas.

– O Almeida.

– O que ele descobriu?

– Não me disse. Mas deve ser importante, não?

– Chame o Ricardo.

– Já chamei.

Irma ficou muito contrariada, afinal havia três dias que eu só chegava a casa depois da meia-noite.

Encontrei o legista em sua fria e mal iluminada sala, ao lado de Ricardo. Almeida não era de preâmbulos, ainda mais às dez horas de uma noite de sexta-feira...

– Não foram mortas no mangue, como já imaginávamos. Olhem os calcanhares das duas. Estão esfolados quase até o osso. Foram arrastadas até um veículo e ali transportadas ao mangue. Enforcamento, com fio. Na mais nova, o corte é mais profundo: ou foi fio mais fino ou mais força.

A afetação de Almeida transformou aqueles "efes" todos num fricativo sopro que fez Ricardo sorrir, discretamente.

– Creio que a mais nova demorou mais para morrer, exigindo do assassino um esforço maior. Por fim, encontrei nos tornozelos lascas de madeira preta e envelhecida, com resíduos secos de óleo e graxa. Suponho que antes de morrer foram conduzidas a uma fábrica ou oficina. Algo assim.

Ricardo se aproximou dos corpos, com uma expressão de quem admitia que, afinal, agora as coisas estavam andando, tínhamos o que investigar.

– Como vai seu olho? – ele disse.

– Mais ou menos – respondi.

– Vamos então ao bar onde elas estiveram?

– Agora?

Ele apenas me olhou. Parecia decepcionado com meu corpo mole. Bem, era noite, ambiente cômodo para o meu olho. Então fomos.

O proprietário não estava. Dois garçons atendiam as mesas, uma caixa bonita fazia as contas, e duas cozinheiras se safavam lá por dentro, à beira do fogão e da pia. Poucos fregueses, talvez apenas os assíduos, já que a propaganda dos últimos dias não era nada favorável. Perguntei a um dos garçons se ele se lembrava das garotas. Não. Não estava trabalhando. Saíra às vinte horas para dormir com a mãe no hospital. Dito isto, virou as costas e foi percorrer as mesas. O segundo garçom foi mais receptivo e educado. Confessou que serviu com prazer "a mesa das meninas".

– Eram bonitas – comentou. – Uma pena o que aconteceu.

– Sei – Ricardo disse, rindo e me olhando. – Você viu algo de suspeito?

Apanhei no bolso a caneta e o bloco.

O garçom pensava. Sua testa, limpa e oleosa, refletia a exígua luz do salão. Sua boca, torcida, hesitava com as palavras.

– Nada de mais. Depois que o amigo foi embora, o outro cara passou a brincar muito com as garotas. Só isso.

– Algum objeto que lhe chamasse a atenção? – perguntei.

Nesse momento, a portinhola da cozinha se abriu, e uma das cozinheiras o chamou. O bar estava mais cheio agora, pois um grupo de jovens acabara de entrar, ruidosamente. Esta talvez fosse a plateia daquela outra noite, véspera de Sete de Setembro. Agora, sexta-feira, o bar de repente voltava a encher, talvez exatamente por causa da propaganda negativa daqueles últimos dias, mas também porque o dia seguinte era sábado, e homens e mulheres, jovens, sobretudo, estavam mais acesos e prontos a praticar qualquer coisa, experimentar a vida, contanto que não ficassem imóveis, escapassem ao cerco de sua condenação inevitável.

Não foi senão meia hora depois, e após tomarmos duas cervejas, que o garçom retornou.

– Nada – disse.

– Nada o quê? – falei.

– Objeto. Nenhum objeto. A não ser que o Onilson tenha visto alguma coisa.

Ricardo observava a garota atrás do balcão, espancando a velha caixa registradora. Meio desatento, e deixando claro que olhos e ouvidos trabalham separadamente, embora em conjunto, disse:

– Quem é?

– Ela? – o garçom perguntou, voltando-se para a garota.

– Não. Esse tal Onanilson...

– Ah, Onilson! É o outro garçom, ficou no lugar do Nei, que saiu pra ver a mãe no hospital.

– E onde o achamos?

O garçom pediu que esperássemos, foi ao balcão, falou com a garota e voltou. Porque à nossa volta, numa extensa mesa, explodiu uma gritaria de risos e palmas, não escutamos muito bem o que ele disse. Foi obrigado a gritar para sobrepor sua voz às demais.

O tal Onilson estava de serviço num restaurante do Costa Azul, o Grande Sertão, conhecido pelos seus recitais de poesia às terças-feiras à noite. Ricardo sugeriu que, se eu não quisesse ir, ele se encarregaria de interrogar o cara. Aceitei com prazer a sugestão, pois meu olho doía muito, tanto da inflamação quanto do sono que me arrebatava. Antes de deixarmos o bar, Ricardo foi ao balcão saldar a conta e permaneceu ali uns cinco minutos, falando e rindo com a garota. Compreendi que sua noite ia terminar com outro interrogatório, outro tipo de investigação...

Pela manhã, durante o café, Clara me pediu para passar o fim de semana na casa de praia dos pais do seu namorado, "meus futuros sogros", acrescentou, com zombaria. Duas garotas mortas três dias antes, e minha filha, com praticamente a mesma idade das vítimas, me pedia que a lançasse nas mãos do destino ou do acaso. Minha resposta foi não. Irma e Pedro se surpreenderam, mas nada disseram.

Aline, por sua vez, embora solidária com a irmã, em respeito a mim se calou. A reação de Clara não poderia ser outra: seu temperamento explosivo bateu a xícara no pires, e com tal violência que o café respingou sobre a toalha branca. Tentei explicar minha decisão, mas sem me referir ao caso das garotas. Foi inútil. Enquanto eu falava, Clara deixou a mesa e foi para o seu quarto, Pedro abriu o jornal na página de esportes, e Irma começou a tirar a mesa, auxiliada por Aline. Apanhei minha xícara e mais alguma coisa e as segui até a cozinha. Lá, enquanto Aline retornava à mesa da sala, resumi em poucas palavras a situação e suas naturais consequências psicológicas em mim. Quando meu discurso começou a escorregar para o panfleto, parei. Irma começou a chorar. A descrição que fiz das vítimas e de suas humildes existências a comoveu. Deixei minha esposa nos braços de nossa filha mais nova e fui para a sede do DIA, certo de que, depois do choro, ela saberia acalmar tanto Clara quanto Aline, a me observar agora com uma expressão de raiva.

Ricardo foi taxativo. O tal Onilson sabia alguma coisa, ou muita coisa, pois fugiu do restaurante tão logo Ricardo se ausentou para ir buscar Lia, a caixa do bar, que lhe telefonara de uma lanchonete ali perto.

– Então, como é ela? – perguntei, distraído, cumprindo o jogo que ele esperava de mim.

– Decidida – falou, exultante. – Não brinca em serviço. Do tipo que já sai sem calcinha para o primeiro encontro...

Retornamos ao legista. Já não encontramos mais o Almeida. Naquela manhã era o jovem e impetuoso Athos quem manipulava os corpos das garotas. E percebera algo importantíssimo, ao menos para ele:

– Foi um enforcamento simétrico.

E depois de uma pausa explicou:

– Os cortes nos pescoços são idênticos, com a diferença de que um é mais fino. Assim como se o fio estivesse, digamos, desencapado. Acho que foram mortas puxadas uma pelo peso da outra, o fio disposto, digamos, sobre uma trave, e as garotas penduradas, cada uma de um lado, como pratos numa balança.

Era algo novo. Todavia, não nos deixamos impressionar, Ricardo sobretudo. Para provar sua teoria, Athos nos conduziu à beira dos dois cadáveres. Os cortes eram de fato idênticos, quanto ao ângulo do pescoço e ao ponto em que o fio se aprofundara mais, debaixo da orelha: na primeira garota, a esquerda; na segunda, a direita.

– Foram penduradas numa trave, tenho certeza. Talvez numa fábrica abandonada, ou num galpão ou depósito. Achem o lugar e acharão o assassino.

– Como assim? – Ricardo perguntou.

– Ora, certamente encontrarão por lá alguma pista. Sempre há. Não há assassino que não deixe para trás alguma coisa que o incrimine.

De volta às nossas mesas, Ricardo e eu nos ocupamos em organizar indícios e pistas. E assim dividimos as nossas ações para aquela tarde-noite: 1) procurar deter o garçom desaparecido; 2) também o rapaz desaparecido, o que estava em companhia das garotas; 3) buscar nos arredores do bar, ou no bairro, alguma construção abandonada: fábrica ou oficina, com galpão ou depósito; 4) voltar a conversar com os parentes das vítimas, com o objetivo de extrair alguma informação aparentemente trivial, mas cuja importância, às vezes, por distração, não percebemos.

Fui almoçar em casa. Só Clara estava presente, com uma expressão fechada, dura, magoada. Comemos em silêncio. Durante a sobremesa sugeri que ela trouxesse o rapaz para passar a noite conosco. Poderíamos assistir a um bom filme em família, e ele, depois, ficaria para dormir... Ela me olhou incrédula. Se entendeu que, assim, eu a autorizava a dormir com o namorado, entendeu bem, com propriedade, pois foi isso mesmo que eu quis sugerir. Preferia que ela passasse a noite nos braços do namorado, mas sob meu teto, que longe de mim, à mercê do sadismo de assassinos cruéis.

– Ele já está na praia – ela retrucou, com desdém.

– Lamento – consegui dizer, e foi tudo.

Depois do almoço dormi um pouco. Sonhava com maravilhosas pernas, quando o telefone tocou, com insistência. Era Ricardo. O garçom fujão fora detido na rodoviária, tentando comprar uma passagem para Barreiras.

– Venha. Ele já está aqui – disse.

Tive que conter o ímpeto e a fúria de Ricardo, caso contrário ele teria quebrado o sujeito, que não queria falar. Parecia com medo, um coelho acuado pela luz. Calmo, apaziguador, prometi que ele ficaria preso, a salvo, até que o assassino fosse descoberto e apanhado. Gastamos quase uma hora na saleta do porão, tentando convencer o imbecil a revelar o que sabia. Seu mutismo era irritante. Ricardo perdeu de novo a paciência e lhe desferiu alguns golpes na cabeça. Por sorte, desta vez as pancadas funcionaram, e o cara abriu a boca. Era um covarde, um poltrão, como se escrevia, antigamente, nos melhores romances. E tanto era verdade que o cheiro de urina subiu de suas calças.

– Porra! O cara se mijou! – falei.

– E então, mijão, que foi que você viu? – Ricardo disse, levando o lenço ao nariz.

O garçom vira o dono do bar oferecer carona às duas garotas e ao cara.

– Você o conhece mesmo? Como ele se chama?

– Dr. Fernandes.

– E como foi que aconteceu?

– Foi assim, eles foram os últimos a sair, fechamos o bar, e o Dr. Fernandes se foi também, de carro. Lia baixou a porta e saímos todos juntos, eu, ela, o outro garçom e as cozinheiras. No ponto de ônibus, tomei outro caminho, pois ia pra casa de uma prima, que mora ali perto. Pouco depois, vi passar, de volta, o Dr. Fernandes, com as garotas e o cara...

– E onde está o Dr. Fernandes agora?

– Não sei. Quase não vejo ele. Naquele bar só cubro folga ou falta.

Lia talvez esclarecesse o enigma. Deixei ao encargo de Ricardo interrogá-la e fui para casa.

Às cinco da manhã, o telefone tocou duas vezes e parou. Irma o ouviu e, protestando, abriu os olhos, mas logo voltou a dormir, como uma criança. Fui para a sala e me sentei ao lado do aparelho. Algo me dizia que era Ricardo. E eu estava certo. Novos dois toques. No terceiro atendi.

– Lia disse que o Dr. Fernandes está na casa de praia. Às vezes, vai para lá e fica uma, duas semanas. É um cara complicado, estranho, com problemas. Vive à base de remédios. É professor de português de um colégio estadual qualquer, e o bar foi herança, daí porque ele não liga a mínima. Praticamente é Lia quem cuida de tudo. Estou com os dois endereços: o de seu apartamento na cidade e o da casa de praia.

No fim da manhã, chegamos à praia, no Litoral Norte. O mar estava calmo, e o céu, azul. Demoramos a encontrar a casa, igual a mais duzentas ou trezentas, todas de madeira, com varanda, uma atraente via de entrada, rede balançando um corpo e um automóvel esnobe enfiado displicentemente, com as rodas torcidas, na garagem espaçosa.

Tocamos a campainha. Uma mulher negra de uniforme cáqui veio atender. Da varanda, perguntou quem éramos e o que queríamos. Enquanto eu, de cabeça erguida, puxava a pálpebra e pingava no olho duas gotas leitosas do meu indefectível colírio, Ricardo nos identificou e em seguida perguntou pelo patrão.

– Tá por aí, na praia – a mulher disse. E nos deu uma pobre descrição do sujeito e o nome da barraca que frequentava.

Mas não o encontramos. Se estivera na barraca, já havia saído. De volta à casa, percebemos que o carro desaparecera, e que a mulher nos observava da janela do segundo andar, por trás da cortina.

– Ela o advertiu pelo celular, tá na cara – Ricardo disse. – O que me obriga a acreditar que ele tem alguma culpa e a deixou de sobreaviso.

– É, talvez – assenti.

Almoçamos num restaurante ali perto. Do segundo andar, podíamos observar a fachada da casa e uma parte do pátio dos fundos, com sua grama aparada e sua piscina vazia. Mas até o meio da tarde ninguém chegou nem saiu. Nem mesmo a empregada, por um breve instante, apareceu na área externa. Todo o seu trabalho era lá por dentro, às escondidas. Ao crepúsculo, quando nos posicionávamos na extremidade da rua, pois o restaurante já cerrara as portas, ela saiu, trancou o portão e se foi. Carregava uma pesada bolsa e ia olhando para um lado e outro, desconfiada. Por pouco não nos viu, apesar de uma árvore, grossa o suficiente para ocultar a mim e a Ricardo, um rente ao outro.

Mal a noite desabou, pulamos o muro da casa e a violamos, pelos fundos. Decidimos por isso sem que fosse necessário trocar qualquer palavra, individualmente, quando, de volta da praia, surpreendemos a garagem vazia. A longa espera apenas nos acostumou à ideia, que a partida da empregada enfim consolidou.

A decoração era escassa e contida, poucos móveis e muito espaço vazio. Paredes também vazias, sem quadros, exceto no quarto principal. Neste, diante da ampla cama de casal, um enorme pôster de uma garota seminua desafiava o sujeito a dormir em paz... Ricardo o avaliou de perto e concluiu que não era um impresso, mas uma fotografia, uma ampliação quase impossível de se obter num laboratório qualquer...

– Bem, o cara parece gostar de mulher...

Num segundo quarto, menor que o primeiro, nos deparamos com uma montanha de aparelhos eletrônicos. Era de se supor que o cara possuía uma oficina e que trazia muito trabalho para casa. Mas não, eram todos aparelhos novos, de última geração, alguns, inclusive, importados, sem linha no Brasil, frutos de roubo, certamente, ou contrabando.

Algo nos chamou a atenção: não havia sequer um livro na casa. Aliás, nenhum material impresso, nenhuma revista, nenhum jornal. Nem mesmo encontramos os manuais de funcionamento de todos aqueles aparelhos. Poderia parecer um detalhe sem importância, mas não era. Até em casa de analfabetos, há pelo menos um papel com algo escrito. Uma carta, um telegrama, uma bula de remédio, uma nota de compras já superada. O último ponto de nossa pesquisa foi a cozinha, e também ali nada de escrito encontramos. As latas de mantimentos eram lisas, e todos os produtos, de pão a biscoitos, de chá a carne em conserva, tinham sido despejados em potes e outros vasilhames. Atingimos o paroxismo de nosso assombro quando percebemos que até as etiquetas das roupas e mesmo as marcas dos aparelhos tinham sido removidas, de algum modo. Tanto quanto toda a menção a qualquer coisa, no painel do som ou da tevê ou do computador. As palavras haviam sido raspadas ou diluídas com algum solvente. *Menu, exit, play, remote, stereo, FM, volume, brilho*, tudo afinal desaparecera. Era um mundo liso o que se via à nossa volta. Um mundo de objetos sem escrita, sem linguagem, sem letras, sem grafemas.

* * *

Como sempre, o caso foi resolvido na morgue do legista. Athos não ficou nem um pouco surpreso quando lhe revelamos nossa descoberta. Virou de lado a garota mais jovem e nos mostrou uma ferida profunda à altura do rim, quase chegando ao quadril. Uma rodela de carne fora removida ali.

– Não vi isso antes... – Ricardo disse, surpreso.

– Nem poderia, pois não mostrei. Ainda estava analisando. Agora sei que havia uma tatuagem...

E se voltou para a outra garota, que estava de bruços. Nesta, a ferida, também uma rodela, ficava abaixo da base da coluna, à esquerda, no princípio macio da nádega.

– Palavras – ele disse, e compreendemos tudo.

Naquela tarde, conseguimos apurar, junto aos colegas de classe das garotas, que elas tinham feito recentemente uma tatuagem. Não demoramos a encontrar o tatuador, que era conhecido de ambas e largara a escola um ano antes. Infelizmente, não era um cara muito lúcido. Oscilava a cabeça, o olho direito fremente, e não parava quieto, como um drogado. Não lembrava com precisão as tatuagens, exceto que eram:

– Palavras. Mas não lembro exatamente quais, nem o significado, o que diziam...

Era incrível, estávamos atrás de um sujeito que odiava palavras escritas e por isso matara duas garotas, para lhes extrair da pele uma tatuagem verbal.

Quando afinal o prendemos, ao fim de oito dias de um acirrado cerco – que não poupou nem mesmo um congresso de linguística que se realizava na Universidade Estadual de Feira de Santana, onde nossa presença causou espanto e indignação –, ele se recusou a falar. Foi preso em silêncio, sem reação de qualquer espécie, nenhuma palavra, e assim permaneceu, no carro e depois na delegacia.

– E por que ele falaria? – Ricardo disse, conformado, quando o trancamos na cela. – O cara detesta palavras!

Também não assinou a confissão. Apenas aplicou a impressão digital do polegar direito sob seu nome completo: L. C. Fernandes. Meses depois, foi a júri popular e condenado a uma pena de 25 anos, sem apelação.

O mais intrigante, porém, de toda essa história era o que estava escrito no corpo das garotas e que, talvez, tenha motivado o assassino. Não conseguimos ir além de simples conjecturas. Ninguém sabia nada, nem entre amigos, nem entre parentes. Ou, se sabiam, não quiseram revelar. O próprio condenado, nas raras vezes em que se dignou a responder a algumas perguntas, garantiu que não se lembrava... Somente um rapaz, colega de escola das garotas, insinuou alguma coisa, mas, mesmo assim, com ironia, num contexto ambíguo. Quando terminamos de interrogá-lo (e, como os outros, afirmou não saber o que as duas tinham escrito no corpo), houve um breve silêncio, ao fim do qual, se levantando da cadeira, ele suspirou, rindo:

– E agora, José?!

– Será que é isso? – perguntei a Ricardo, mais tarde, num bar próximo à sede do DIA.

Ele riu:

– "E agora, José"? Duvido muito. Você acha que essa garotada aí curte Drummond? Tenha paciência.

– E por que não?

– Bem, não sei. Mas provavelmente não.

E pagou a conta, despediu-se e foi se embolar com Lia, que estava desempregada, pois o bar fechara um mês antes do julgamento.

– E agora, José? – murmurei, pensativo.

Depois virei o copo e também fui embora.

A outra, desconhecida

Era inevitável que, sem emprego e com seu recente talento literário diminuído, Polly buscasse uma via de substituição. Mas inicialmente não foi o que fez. Preferiu recolher-se em si mesma, como um suicida numa banheira, alheio ao que vão dizer ou pensar. Por várias semanas, manteve-se como um barco à deriva. Depois, encalhou e afinal, atacada por uma onda sufocante de desespero e pessimismo, começou a se afogar. De manhã, não saía da cama ou então nem ia dormir, varando as noites a dar voltas em torno da mesa da sala. Não era raro também que chutasse seus dias a ouvir música eletrônica a todo volume, meio dopada e entregue a solilóquios mentais. Os vizinhos vieram reclamar, e depois o síndico, que me parou na portaria e disse que minha filha estava mandando todo o prédio para o otorrino.

– Não é minha filha.

– Não?

– Não. E, além do mais, ela não está bem, está doente.

– Então procure um médico.

– Pensei no médico do prédio...

– Do prédio? Tem algum médico aqui? – ele parecia surpreso.

– Tem sim. O psiquiatra que atende aos condôminos... – e lhe dei as costas e entrei no elevador.

A via pela qual Polly se aventurou dias depois não é desconhecida de ninguém. Seria talvez a minha, se estivesse no seu lugar. Espécie de escapismo natural e que, a rigor, por qualquer motivo, é a preferida das garotas ainda na idade escolar, se a realidade lhes pesa ou não conseguem se adaptar satisfatoriamente aos prejuízos de crescer em meio a uma humanidade cruel e hipócrita. Margeou os espaços só ocupados pelos homens e pouco a pouco foi avançando até atingir o centro de colisão dos desejos. Agora, sempre que voltava para casa, eu a surpreendia no meio do *playground*, conversando e se exibindo com os rapazes do prédio. E a cada vez com menos roupa. Um shortinho apenas, e camiseta fina, curta, barriga de fora e que logo-logo estaria mais e mais crescida. O síndico estava com a razão, virei um pai furioso: arrebatava-a do meio daqueles abutres e subíamos juntos no elevador. Uma tarde, a discussão foi intensa.

– Polly, já te disse que isso não fica bem...

– O quê?

– Você com esses caras.

– Pra seu governo, esses caras são de minha idade – e sublinhou as duas últimas palavras.

– Por isso mesmo. O que você espera deles? Só querem te comer. Mais nada.

– E daí?

– E daí? Estou te desconhecendo...

E acionei a chave do elevador. Paramos entre dois andares. Ela ficou assustada.

– Você só pode estar se drogando – provoquei. – É só o que se aprende nas agências de propaganda: a consumir e vender drogas.

Seus olhos não mentiam, menos ainda seus atos, mais incisivos e temerários, irresponsáveis, pois, naquele instante, ela veio sobre mim para me bater. Segurei-lhe os pulsos, e ela chorou. Mas foi um choro que não me convenceu, daqueles que cessam à satisfação do menor desejo. Um minuto depois, satisfeita, ela me virou as costas e reacionou o elevador. Naquela noite, depois de muito tempo, ela teve um tranquilo período de sono, de mais ou menos doze horas. E por algum tempo não a vi mais no *playground*.

Todavia, uma noite, o elevador quebrou comigo dentro e tive que continuar a subir pelas escadas. A dois andares do nosso, flagrei Polly se agarrando nos degraus com um garoto. O sujeitinho não tinha mais que catorze anos e estava com as calças abaixadas, a mão de Polly em seu pênis. Quando me viram, pularam como ladrões de galinhas surpreendidos com a mão nos ovos. Botei o garoto para correr e arrastei Polly pelo braço até em casa. Ela vinha atrás de mim, reclamando de que eu estava esmagando seu pulso. Atirei-a sobre uma poltrona e me sentei na outra, à sua frente. Encarei-a por mais de meia hora, em silêncio. Ela me fitava e depois afastava os olhos, embaraçada. Meus dedos ficaram vermelhos em seu braço, que ela esfregava com a mão, delicadamente.

– Confesso que não sei o que fazer – falei, afinal. – Você tá parecendo uma cadela no cio.

– E não é isso que vocês homens querem e gostam? – ela disse, com ironia, os dentes arreganhados.

Me levantei e fui beber água. É a melhor coisa a fazer, às vezes. Ou um bom xixi, sozinho, refletindo. Muitas guerras conjugais nem seriam travadas ou teriam um melhor desfecho, se nos dedicássemos mais aos cuidados dos rins.

Da cozinha falei:

– Mas você não precisa trepar com toda a alcateia.

Polly não retrucou porque não estava mais ali. Fui achá-la dentro do banheiro, nua, pronta a entrar debaixo do chuveiro.

Pensei, pensei em tudo e cheguei à conclusão de que só havia duas medidas a adotar diante do comportamento de Polly: levá-la a um médico ou mudar de prédio. Então, por duas semanas, consultei os jornais em busca de um novo apartamento. Estava disposto até mesmo a vender o meu e comprar outro, contanto que saíssemos dali. Mas um dia, durante o sono, compreendi que esta não era a melhor solução. Quem poderia garantir que Polly não iria também se agarrar com os caras do novo endereço? E mesmo que fosse uma casa, não era certo que não agisse como vinha agindo. Teria talvez ainda mais disponibilidade: a rua inteira, todos os vizinhos. Em meus momentos mais pessimistas, receei que ela jamais voltasse ao normal, de que "aquilo" fosse o seu normal, só descoberto, por ela e por mim, quando daquelas duas frustrações, a demissão e a crítica negativa ao seu conto. Afinal, quem conhece as pessoas? São conhecidas até o quanto se mostram. Tudo o mais é mistério. Restou-me então a opção de levá-la a um especialista. Mas Polly, que a princípio se recusou a ir, acabou por aceitar a experiência de uma só consulta, em que esperava deixar evidente que não estava ficando doida, que não tinha problema algum. Quando, ao fim da sessão, procurei saber do médico o que ele recomendava, ele foi veemente:

– Sua jovem esposa precisa de tratamento, com urgência.

Entretanto, não houve jeito de convencer Polly a se tratar. Dizia que não tinha nada, que gostava de sexo como qualquer outra garota e que aqueles sujeitos do prédio nada significavam. E ria quando falava isso, a sugerir que eu estava era com ciúmes. Talvez estivesse, também. Não afasto tal possibilidade. Somos como um prato diante da luz: uma face evidente, a outra obscura, e quando uma se mostra a outra tende a se ocultar. E foi quando me vi refletindo sobre isso, a caminho do escritório de Geórgia com mais páginas do roteiro, que me dei conta da ausência de Bentinho. Durante toda a crise de Polly ele não apareceu. Nem mesmo para a leve ironia de me olhar sério e lançar uma tirada sarcástica. Isso talvez evidenciasse que, firme no problema de uma outra pessoa, eu me esquecia, e Bentinho a mim. Sim, era possível. Projeções precisam de máquina e tela, causa e intenção, e, atarefado com o desejo de levar Polly à cura, eu me dispersava de mim mesmo.

Tomar outra direção não é mais fácil que persistir naquela em que chafurdamos. Apenas mais cômodo. Um deitar quando se tem sono. Como Polly tivesse melhorado um pouco, embora, de vez em quando, lá estava ela com a mão onde não devia – Polly era a mesma e era outra, como todos nós –, relaxei a vigilância e a insistência de um tratamento médico e entreguei ao tempo a solução do caso. E ela veio, rápido, e quando eu já supunha que teria de cumprir com Polly, apesar de tudo, a promessa diante do padre no altar de uma igreja abarrotada, embora diariamente acordasse com a propensão a me desfazer dela, sem remorsos. Veio mediante um providencial telefonema de Victor. Tinha algo muito sério a me falar e pedia que fosse vê-lo no apartamento de Nazaré.

No caminho, o maldito Bentinho reapareceu, depois de tanto tempo, e lembrou que aquela situação tinha uma sinistra semelhança com a de um conto de seu adorado mestre: *A cartomante*. Se ele esperava com isso me deixar apreensivo, não conseguiu.

A vulva

Pela primeira vez desde que conhecia Victor, não havia nenhuma aluna em sua cama. E ele não abriu nenhuma garrafa de vinho, nem de cerveja. Estava zangado, o semblante contraído. Foi direto ao assunto:

– O que você disse a Adrina?

– Nada. Não disse nada. Por quê?

– Ela me deixou. Soube de tudo a respeito de Polly. E só você sabia da coisa...

Fiquei calado. Depois disse:

– Foi Polly.

– Polly? Como você sabe? Você a viu? Estive com ela semanas atrás e, apesar de rompermos, não me pareceu... Quero dizer, ela estava meio indignada. Não sei por quê. Não deixou claro. Aliás, só falou do noivo, todo o tempo. Mas, por que você diz que foi ela?

– Estamos juntos...

Seu rosto se turvou. De inveja, acredito. É curioso como muitos homens usam as mulheres, depois as descartam e, quando outro cara começa com elas sua *via crucis*, perdem o controle, desesperam. Com Victor não era diferente, ainda mais que Polly não ficou grávida, pois a gravidez é como uma assinatura do homem, o recibo de sua posse. E Victor acreditava plenamente nisso. Bêbado, sobretudo.

– E por que ela falaria com Adrina? – Victor perguntou, impaciente, exasperado.

– A culpa é minha. Falei que sabia sobre vocês, que você me contava tudo. Ela ficou possessa. E quis se vingar.

Victor baixou a cabeça e afundou o rosto nas mãos. Ficou assim um bom tempo, até que, mais calmo, ou buscando autocontrole, se lembrou de Virgínia:

– E Virge?

Ia responder, mas parei a tempo, de boca aberta, ultrajado. Victor jamais chamara Virgínia de Virge. Era um apelido que só eu empregava. No início, inclusive, Virgínia se aborrecia quando eu a chamava assim. Mas, como seu marido, eu conquistara tal concessão, o benefício da exclusividade.

– Você deve saber mais do que eu... – falei e fui embora.

Eu acabara de descobrir a "vulva" com a qual Virgínia se roçava.

Na rua, Bentinho me esperava, risonho:

– Eu lhe disse que havia um Escobar na história...

A decisão

Duas semanas depois, terminei o roteiro e mais uma vez me encontrei com Geórgia. Entreguei-lhe os originais, recebi meu pagamento e fiquei em casa, à espera. À espera, sobretudo, de que não houvesse nada que me obrigasse a rever suas carnes. Inconscientemente, eu começara a reagir a tudo que me lembrasse Victor, morando agora com Virgínia. Deixei de frequentar suas virtudes e, pouco a pouco, mediante falhas propositais, consegui ser dispensado do jornal. Meu último vínculo com o Victorioso se partira. Bem, penúltimo, pois o último dormia todas as noites em minha cama...

– Polly, acho que a gente devia dar um tempo – falei, uma noite.

– Dar um tempo? Do que você está falando?

Nem parecia a mesma que de dia bolinava os caras do prédio. Talvez fosse efeito do sol: à noite, queria amar; de dia, foder.

– Acho que você deveria voltar a morar sozinha.

– Dino! Eu ia me casar...!

– Eu sei. E eu estava casado.

– Claaa-rooo... – mastigou, desolada, ou talvez sarcástica. Vi saltar de seus olhos sobre mim a máxima de Butler: "O homem casado é quase um morto, e a prova é que vai pra cama como quem fosse pra cova".

– É só por um tempo. Depois a gente volta – garanti.

Polly começou a chorar. De decepção, mágoa. Via seus sentimentos traídos e seus novos esforços menosprezados: havia três dias que não se encontrava com nenhum garoto. Aliás, percebia agora que eles não passavam de uns patetas.

Prometeu, aos prantos, dedicar toda a sua vida a mim. Sua juventude, a maciez de sua pele, suas melhores horas. Por um instante, fiquei tocado. Mas não deixei transparecer. Imerso num inabalável mutismo, e evitando qualquer reação comprometedora, ouvi a última frase de seu desabafo, regado a soluços e lágrimas. Noutra circunstância, ficaria orgulhoso com sua confissão e deferência a mim, e, de pronto, lhe estenderia um elogio, um beijo ou talvez a arrastasse para o leito. Mas a decepção com Victor e Virgínia, que, pendurados em minha barba, se mesclaram a valer, e a mágoa que ela própria, Polly, me impusera com suas incursões ao sol, não me deixaram outra alternativa senão descartá-la. Um criador de pássaros a abrir a gaiola. Embora Polly não tivesse ficado grávida de Victor, não portasse sua assinatura nem no ventre nem nos braços, ainda assim ela fora sua, viera dele para mim, um indício difícil de apagar, ou mesmo suportar, depois de se conhecer a suprema traição, motivo do exílio de Capitu e da agonia de Bentinho. Mesmo o nome Victor me era difícil agora pronunciar, senão besuntado de nojo e desprezo.

– Não, Polly, não adianta. Já me decidi.

Nenhum dos seus mais desesperados apelos me demoveu de minha decisão.

Passados alguns dias, resignada, ela voltou para o seu apartamento, na Vitória. E carregou Herberto, o indiferente. Aonde ia o pássaro, ia o gato. Bentinho não me perdoou:

– Você vai se arrepender. Apesar de tudo, era uma boa garota.

Vejam só quem falava.

A luta

Retomei minha própria vida, sem mulheres. Nos primeiros dias, Polly ainda me ligava, mas meus silêncios eram tão pesados, que ela exauriu. Como o personagem de Orson Welles, em *A dama de Xangai*, eu lutava para esquecê-la e torcia para que fizesse o mesmo em relação a mim. Não havia outra possibilidade: ou os amantes estão juntos, embolados sobre os lençóis, ou tão distantes quanto a vida e a morte.

A proposta

No começo do inverno, fui a um lançamento de livro e encontrei Virgínia. Nos cumprimentamos civilizadamente, apenas, enquanto a fila de leitores vibrava como uma serpente ao sol. Mais tarde, reunida a mim pelo acaso num canto da livraria, ela me disse:

– Lembra de sua Polly?

– Claro! – respondi.

– Está com Victor.

– Na-mo-ran-do? – gaguejei.

– Não. Morando.

– Que coisa, hein?

– É.

– Ele te largou por ela? – perguntei irônico.

– Não. Eu que o larguei por Adrina...

– Não! Não acredito!

– Sério.

– E vocês estão... juntas?

– Sim, estamos.

– Que coisa!

Eu estava tão assombrado que quase deixei cair, teatralmente, o copo que segurava.

No transcurso daquela noite, Virgínia me fez uma proposta mais do que insólita: me apresentaria uma prima – linda e sozinha, garantiu – em troca de uma amostra do meu sêmen. Ela e Adrina tinham decidido ter um filho e pensaram em mim como fornecedor da matéria-prima. Restava saber se a prima valia mesmo a pena... De cara, não aceitei. Por que eu? E, além do mais, por que não Victor, o victorioso? Por isso mesmo, talvez. Preferiam um perdedor, um nada entre as mulheres. No entanto, quando ela me disse que a gestação ficaria ao encargo de Adrina, que tinha um útero, digamos, mais confortável para o bebê, mudei de ideia. Estava disposto a fornecer o leite, contanto que eu mesmo o depositasse na xícara. Nada de inseminação *in vitro*...

– Xeque-mate! – Bentinho sussurrou às minhas costas, como um bufão.

Tempos depois

O ventre que eu agora contemplava, enquanto escrevia, era meu todos os dias e todas as noites. E em breve lançaria minha assinatura no mundo. Já não me importava com o fato de que Victor, o vitorioso, um dia o possuíra. Não foi de verdade. Não deixou marca, nenhuma evidência. Aliás, nem ele, nem muito menos Virge. Ambos não foram capazes.

– Querido? Vem dormir – Adrina rogava. Não conseguia conciliar o sono enquanto não me abraçasse. Dizia que minhas costas esquentavam sua barriga.

– Já terminei – disse.

– Mesmo?

– Mesmo.

E coloquei quase no rodapé da página, abaixo da última linha: fim. Era um conto, que acabou por se tornar o embrião deste relato.

Escuridão.

Abraço.

Sono.

Mas, antes que eu começasse a sonhar, Bentinho apareceu e disse, deitado do outro lado da cama, Adrina entre nós dois:

– Você é um ingênuo. O filho não é seu.

– Como? – sussurrei.

– O filho não é seu.

– Claro que é.

Adrina se mexeu, resmungou qualquer coisa, virou-se para o lado de Bentinho.

– Não, não é. E ainda que seja, ela não o considera seu. E é isso que interessa.

– Você é louco! – gritei.

Adrina despertou:

– Querido? O que houve?

Olhei para além de seus ombros. Bentinho se fora.

– Nada, nada. Estava sonhando.

Ela me abraçou, me beijou e, aos poucos, fui relaxando, até que adormeci.

Vic, Viquinha

Minha filha nasceu. O quarto era pequeno para tantas flores e tantos amigos. Polly e Victor apareceram, e também Virgínia, com sua nova namorada... Não sabíamos que nome dar ao bebê, e diante do nosso impasse Victor sugeriu: Victória! A aceitação foi geral, até mesmo de minha parte. Pela atmosfera de satisfação que envolvia a todos, soava como se o destino lhe houvesse sussurrado aquele nome. Talvez. Ou estava tudo assim estabelecido, desde sempre. Os presentes já a tratavam por Victória, brincavam, sorriam. Alguns até arriscaram encurtar-lhe o nome para Vic, Vic, e iam repetindo, consolidando uma verdade.

Adrina estava feliz, deslumbrada com o fato de que o rebento de sua carne chamasse tanto a atenção alheia e transformasse a todos em patetas. Eu próprio me peguei tocando as bochechinhas rosadas e dizendo: Vic, Viquinha. Mas, quando levantei a cabeça, avistei Bentinho no fundo do quarto, a sorrir, sarcástico como um fora da lei. Insistia em me convencer, por sinais, de que minha filha não era minha... Fosse ou não fosse, que importava? Nada é mesmo nosso nessa vida, se vamos morrer. Nem mesmo nos pertencemos. Estamos por enquanto. Por enquanto vivos, por enquanto amados, por enquanto juntos. Amanhã, quem sabe? Peguei Vic nos braços e, em meio ao assombro de todos, andei até onde Bentinho se encontrava. Mas, como das outras vezes, ele não passava de uma miragem. Uma projeção de minha mente, imersa em inquietações.

Devolvi Vic aos braços de Adrina e fui dar uma volta. Polly me seguiu. Não sei como se desgarrou de Victor e me alcançou. No corredor frio, longe de todos, me deu um abraço e um beijo. Depois sussurrou em meu ouvido que também queria um filho meu. E então compreendi que nada nesta vida tem um fim definitivo. Tudo é apenas mudança, transformação, história. Encantos do sol. Iríamos mais uma vez, noutra volta, de Adrina para Polly e de Polly para Virgínia ou Geórgia. E talvez fosse Victor a contar agora a história, a seu modo: "Dino e Adrina convidaram a mim e a Polly para o aniversário de um ano da pequena Vic..."

– Peça a Victor. Você está com ele, é mais fácil... – sugeri.

– Ele é estéril...

– Estéril? Além de amante medíocre, o cara é estéril?!

Polly riu e colocou a mão em minha boca. Descemos à lanchonete do hospital.

– Sério. Vamos ter um filho, eu e você – falou, quando nos sentamos à mesa.

Chamei a garçonete.

– Já pensou se eu lançasse meu esperma para toda mulher que quisesse ter um filho comigo? Ia ultrapassar Pedro Pâramo, o pai de todos.

Polly não entendeu a ironia. Jamais ouvira falar de Rulfo e seu romance. Prometi-lhe emprestar meu exemplar. Era verão de novo, o primeiro depois de nossas núpcias. No próximo, na cozinha lá de casa, durante a festa de aniversário de um ano de Vic, Polly mais uma vez me pediria, em silêncio, que a amasse. Eu estava bem com Adrina e não via motivo nenhum para me aventurar com Polly. Embora compreendesse que a rotação do mundo é esta, e que, como um relógio, vamos e voltamos, até a morte.

Pedimos cerveja. A garçonete anotou e saiu.

– Então o cara é estéril? – falei, me repetindo, sem saber o que dizer.

– É.

– Estou pasmo. Talvez por isso Virgínia caiu fora. Ela sempre desejou um filho. – E contei tudo a Polly, como começou meu caso com Adrina.

Ela apenas reiterou:

– Eu disse que ela gostava de você. Mas na época você riu.

– É. Pensei nisso na hora que me decidi a fornecer meu leite.

As cervejas chegaram. Brindamos à saúde e à vida de Victória, depois ao nosso reencontro. Desde que Polly saíra do meu apartamento, era a primeira vez que ficávamos a sós.

– Sinto falta de suas mãos – ela disse.

– Será que nem isso aquele sujeito tem! – brinquei.

Polly riu e me socou o braço, daquele seu jeito de carícia disfarçada de agressão. E fiquei pensando o quanto os papéis tinham se invertido. Victor, o victorioso, era naquele momento um derrotado. Perguntei a Polly onde eles estavam morando.

– Em Nazaré.

– Que houve, ele desistiu das alunas? Ou estão todas conjugadas em você?

E, sem lhe dar tempo de responder, recitei Oswald de Andrade:

– "Mas tu vieste/ Trazendo-me todas no teu corpo".

Polly ficou pensativa. Parecia não saber ao certo o que tinha acontecido. Se exigira de Victor fidelidade ou se ele voluntariamente desistira das outras, ou mesmo se estas tinham naturalmente se afastado, ofuscadas por tanta beleza e sensualidade nela própria. Com Virgínia e Adrina, mais velhas, as alunas se assanhavam; com Polly, ficaram intimidadas, transformando em ruína o projeto de Victor. Seria isso? A verdade era que eu preferia Polly a qualquer outra. E, mulher por mulher, ela suplantava Adrina e Virgínia juntas, com sobras. Páreo duro, portanto, para qualquer gazela, mesmo as que antes incendiavam as tardes de Victor. Jovem, afoita e bonita, e disposta a correr riscos e promover experimentações, Polly era quase um céu humano, exclusivo dos homens. O que muitas mulheres não conseguem entender é que os homens não envelhecem. Continuam jovens, seu corpo é que fica para trás. Mas, mentalmente, a cada novo corpo feminino que contemplam, renascem. Daí para a paixão só precisam de uma noite. Isso se a parceira cumprir sua parte. Deixar o pudor lá fora, sob a chuva, e a falta de coragem para seus pais, que mal a geraram ou o fizeram por descuido. O homem transa e depois ama. A mulher o inverso. O maior significado de um rosto bonito parece estar entre os lençóis.

– Não sei – Polly disse, afinal.

– Por algum motivo vocês foram pra Nazaré...

Ela pensou um pouco.

– Não, nenhum... Apenas nos mudamos pra lá.

Se eu bem conhecia Victor, ele fizera de Nazaré sua morada, e do outro apartamento seu abatedouro. Uma inversão. As alunas continuavam tirando notas baixas. Menos Polly.

– E então, você é feliz?

– Não. Não posso dizer hoje que amo ainda mais meu... marido, digamos assim, que é o que todas as mulheres deveriam dizer, ao menos depois de alguns meses, se não anos. Eu não posso. Tanto que gostaria de ter um filho com você...

Virei o resto da cerveja e depositei a garrafa sobre a mesa. Embora tivesse vontade de beber outra, não podia, a direção do hospital só permitia a venda de uma única por pessoa.

– Por que você não insistiu em ficarmos juntos, quando sugeri a separação?

– Você parecia tão decidido...

– E estava... Mas não porque não gostasse de você. Simplesmente, ao saber que Virgínia me traía com Victor, não quis mais nada que tivesse pertencido a ele perto de mim. Nem mesmo você.

Polly não pareceu se espantar, embora tal informação fosse uma novidade para ela.

– Então Victor foi o motivo de nossa separação?

– Em parte. Teve, claro, a sua piração. Você não estava bem, eu não sabia o que fazer, te via flertando com todos aqueles caras lá do prédio, e ao mesmo tempo depressiva... Digamos que Victor foi conveniente, decisivo. E desde então nunca mais falei com ele, a não ser hoje. E reconheço que ele foi muito civilizado vindo aqui. – E então compreendi: – Ou foi você quem insistiu? Foi?

Um sorriso maroto iluminou seus olhos. Quando sorria ficava ainda mais jovem e sedutora. Uma garota atrevida a exigir do mundo mais veneração. Uma sombra que a protegesse do sol.

– Foi, foi sim. Ele também não queria mais te ver. Jamais te perdoou por ter me contado tudo. Disse que você cometeu uma "infeliz quebra de sigilo", manchou o "imutável acordo entre os homens".

– É, legal, mas ele podia comer minha mulher, enquanto eu mantinha seus segredos incólumes!

Olhei o relógio. – Melhor voltarmos – falei.

Quando chegamos ao quarto, todos tinham ido embora, inclusive Victor. Nos olhamos temerosos, mas, no fundo, satisfeitos. Adrina dormia, apaziguada das dores do parto, das homenagens sociais, das ansiedades acumuladas ao longo daqueles nove meses. Polly e eu ficamos sem saber o que fazer, para onde ir. Então, num misto de incerteza e cumplicidade, fomos para o seu apartamento, na Vitória. Também ela mantinha o seu abatedouro.

No caminho, perguntei:

– E Herberto, como vai?

– Bem.

– Suponho que também não goste de Victor...

– Não! – ela riu.

– Pelo menos isso. É um consolo.

– Ora! Consolo do quê? Foi você quem me deixou!

– Foi – admiti.

– Então, onde o consolo?

– De saber que também Victor não foi capaz de conquistar aquele animal.

Tínhamos chegado ao prédio. Ela parou:

– Alegre-se. Com você Herberto era indiferente, com Victor chega a morder.

Só pude rir. Foi tudo. E talvez por isso a noite escorreu como um creme sobre o sorvete.

A essência é trair

Quando Victória fez quatro meses, num sábado, Adrina me disse:

– Cê soube que Polly fez um aborto?

– Não!

– Pois é, quase morreu. Só soube hoje. Senti tanta pena dela. Tão jovem!

– E o filho era de Victor? – deixei escapar.

– E de quem mais seria?

De noite, liguei para Polly, mas, quando ouvi sua voz, desliguei. Não nos falaríamos senão meses depois, na cozinha de minha casa, durante o aniversário de um ano de Victória. O terceiro verão de nossas vidas.

Do meu lado, Bentinho disse:

– Esse sim era seu filho.

– É, talvez.

Passado um instante, vi que tinha concordado com ele, o que era um absurdo, e lhe virei as costas. Ele me seguiu, por toda a casa, com sua algaravia de homem experiente em traições conjugais. Então, parei, indignado:

– Quer saber de uma coisa?

Bentinho sorriu, surpreso. Eu raramente perdia o controle diante dele. Podia até me entusiasmar, chegar ao estado de veemência, mas nunca a ponto de escapar dos trilhos. Na verdade, eu estava farto: os vaivéns com Polly, Victor sempre presente, como um odor de mofo num móvel velho, e, de uns tempos para cá – e cada vez mais ousado –, Bentinho. Era difícil suportar juntos tantos rochedos. E, uma vez que é preciso comparar, não queria ser como o Arraia, um amigo de meu pai, que carregava de uma assentada três sacos de cimento – um sobre os ombros e dois outros sob os braços – e, no entanto, não conseguiu parar o trem. Suas vísceras foram recolhidas à margem dos trilhos e jogadas de volta em seu ventre. Morreu um mês depois, no hospital, para alívio dos médicos, que não conseguiam explicar como podia continuar vivendo.

– A essência é trair! – completei, com violência.

Bentinho deu um salto para trás e arregalou os olhos. Logo partia, talvez para refletir melhor e voltar transformado em Escobar.

O RUFIÃO

Eu estava na cozinha, preparando os drinques. Uns convidados queriam cerveja, outros uísque, alguns martini e muitos isto, aquilo, o diabo! Para aquele primeiro aniversário de Vic, chamáramos apenas os amigos mais chegados. No entanto, mesmo estes, que eram poucos, estavam nos exaurindo. Se a essência é trair, socializar é a moral.

Polly chegou com sua luz e seu frescor. Estava mais magra, e achei que, por isso, mais bonita. Nesse aspecto, o aborto lhe fizera bem. Claro que eu não podia lhe dizer isso, e não disse. Mas quilinhos são quilinhos, e os que ela adquirira ao lado de Victor se foram no sangue.

– Você mal me cumprimentou – ela disse.

– É.

Estava envergonhado.

– Por quê?

As pedras de gelo pularam da fôrma sobre a pia e muitas deslizaram para o chão. Chutei duas ou três para debaixo da geladeira. Que ali morressem.

– Não sei direito – respondi.

– Eu sei. Você soube.

– Soube. E não fiz nada. Te telefonei, mas perdi a coragem de falar.

– Era você então... Naquela noite... Alguém telefonou e, quando atendi, depois de um segundo, desligaram. Me lembro bem porque foi na noite que voltei para casa, do hospital, e mesmo assim Victor saiu, para mais uma de suas galinhagens.

– Espere um instante – falei e saí com a bandeja.

Na sala apinhada de convidados, Adrina acentuava a precocidade de Vic, estimulando-a a abrir um a um os presentes. Passei pelo nariz de cada um a bandeja de bebidas. Victor me segurou pelo braço e perguntou por Polly. Disse que estava na cozinha e me desvencilhei. Ao fim de uma volta completa pela sala, estava exausto, a bandeja sobre os joelhos, abarrotada de copos vazios. De volta à cozinha, me sentei à mesa, diante de uma xícara de café. Polly se alçara sobre a pia e me fitava, balançando as pernas, como uma garotinha num muro.

O silêncio nos soldava um ao outro.

– Era seu – ela disse.

– Eu sei.

– E eu ia amá-lo.

– Eu também, acho.

Foi então que Victor entrou e, como um rufião, levou Polly com ele.

Diálogo

– Vocês parecem se dar muito bem – Adrina disse, na cama.

– Eu e quem? – falei, fechando o livro.

– Polly. Quem mais?

– Moramos um tempo juntos. Você sabe.

– E parece que continuam doidos um pelo outro.

– Não diga isso. Eu mal a vejo. E apenas gostamos de conversar. Sobre o que passou, o que fizemos ou o que poderíamos ter feito. É só. E é normal.

– E você acha que eu gosto disso?

– Suponho que não.

Eu estava morto de sono e não queria discutir, muito menos me aborrecer, brigar. Cheguei a desejar que Vic acordasse com um berreiro de abalar o prédio.

– Há um ano, no hospital, vocês saíram juntos e não sei quando voltaram. Hoje, se trancaram na cozinha...

– Não nos trancamos na cozinha.

– Faltou pouco. Passaram todo o tempo lá. Victor teve que ir buscar Polly.

– Não ficamos lá nem quinze minutos.

– O que já seria demais, o cúmulo!

Triste, eu já imaginava o que Bentinho ia dizer, em breve:

– Cara, ciúme é só um sintoma. A doença tem nome: traição.

Roguei a Adrina que fosse dormir. E fiz o mesmo.

Pente fino

A *graphic novel* finalmente ia sair, e Geórgia me ligou, feliz. A edição brasileira, retraduzida do inglês, talvez precisasse de um pente fino de minha parte, afinal fora eu o autor do roteiro original. Marcamos um encontro em seu apartamento. Mesmo fascinado com seu rosto e seus olhos, eu não podia me interessar por Geórgia mais do que platonicamente, ainda mais agora, que conhecera a nova Polly, mais magra do que antes. Prometi a Geórgia revisar o texto da tradução em uma semana. Ela marcou a data em sua agenda e fez um cheque. Depois me convidou a beber qualquer coisa... E acrescentou, numa voz rouca e melodiosa, que eu poderia me estender o quanto quisesse... Estender ou distender? Eram ambíguas as suas palavras, e claro que isso não era por acaso. Bebemos vinho e, sob um calor insuportável, começamos a suar. Geórgia se livrou da blusa e ficou só de sutiã, os seios em evidência, dois almofadões esmagados pelas junções de elásticos e panos. E logo foi abrindo minha camisa, botão por botão. Sem culpa, compreendi o valor excessivo do cheque e sua inusual antecipação de oito dias. Fixei meu olhar sempre em seu rosto e em seus olhos, e deixei que ela se encarregasse de tudo. Meu pensamento estava em Vic e Adrina. Não era senão para elas que eu direcionava meu pensamento, desde que atravessei a porta e apertei a mão de Geórgia e aceitei o cheque e me desfiz da camisa. Durante todo o tempo gasto com sua manobra de encouraçado Potemkin, me angustiei com a ideia de que o homem casado e com filho está mais perto da morte que os demais.

Shakespeare, Drummond etc.

Eu caminhava para casa, quando o telefone tocou. Entrei num bar. Era Polly. Não nos falávamos desde o aniversário de Vitória. Rememoramos nossa conversa na cozinha. Admiti que fiquei preocupado com o que Victor pudesse fazer, quando a arrastou daquela forma. Mas ela garantiu que não houve nada, que eles apenas conversaram.

– Victor não é violento, cê sabe. Esse defeito ele não tem.

– Bom – assenti.

Depois de um breve silêncio, ela disse:

– Por quanto tempo ficamos juntos?

– Pouco mais de três meses – respondi.

– Mas foram os melhores de minha vida.

Fiquei sem palavras.

– Falo sério – frisou.

– Eu sei.

– E então? Não diz nada?

– Gostaria de dizer. Mas, como um louco num palco, ou me calo ou balbucio sons furiosos.

– Ei, essa eu conheço. Não é Shakespeare?

– É sim, alterado.

O garçom chegou e pedi uma água mineral.

– Dino?

– Oi, estou aqui.

Polly se calou por um instante. Eu ouvia, com extrema nitidez, sua respiração. Era a mesma, o mesmo som de quando fazia amor, apenas, naquela prazerosa circunstância, ganhava mais ritmo e força, ficava mais densa, mais áspera. Afinal disse:

– Por que é tão difícil hoje dizermos "eu te amo"?

Pensei um instante e respondi:

– Por que todos dizem. Na vida, no cinema, na tevê. É provável que encontremos, em breve, cães dizendo "eu te amo", gatos miando o mesmo, asnos zurrando fonemas de igual sentido.

Polly riu. Me perguntei se ela sempre ria assim, ou se era só quando estava comigo. Difícil imaginá-la tão alegre, e com tantos "erres" e "is" em cópula, ao lado de outros homens.

– Você tá falando tão engraçado! Meio afetado.

– A vida me deixa assim, às vezes.

Outro breve silêncio. Dava para perceber que Polly trocava de humor para poder me dizer o que tinha em mente, o motivo talvez de seu telefonema.

– Você errou – disse.

– Eu sei.

– Não devíamos ter nos separado...

– A vida é erro. Estamos sempre errando. E nas coisas mais simples, como comer, por exemplo. Ou sonhar.

Eu começava a escorregar para o discurso retórico, vazio, alimento de neuroses e obsessões, repasto de filósofos e padres. E nem tinha tomado conhaque, nem me prostrara diante da lua, com o olhar turvo e a mente embotada. Não, não é a lua nem o conhaque que nos deixam comovidos como o diabo. É a vida.

– Dino?

– Sim?

– Estou no apartamento da Vitória... Por que você não vem aqui?

– ...?

– Tenho filmes, gibis, livros... Em nome dos velhos tempos...

– Agora não.

– Por quê?

– Acabei de almoçar. Um leitão inteiro.

Polly riu de novo, um vaivém de "erres" sobre "is".

– Você sempre brincando, sempre ironizando – e continuou a sorrir.

– Te ligo amanhã – falei.

Ela se despediu e desligou.

Deixei o bar pouco depois e, pelo caminho, fui pensando que Polly continuava com seu abatedouro. *Victoriara-se.* Os artifícios dele eram agora também os seus. Se eu não fosse à Vitória, outros iriam. E mais cedo ou mais tarde Polly teria seu filho. A primeira tentativa falhara, comigo, mas a próxima vingaria. Nem que fosse por teimosia ou negligência, o curso natural do mundo. Um dia, como que por milagre, tocamos nossos corpos e os descobrimos. Mais tarde, alcançamos um ponto extremo do cosmo. Mas o êxito é o mesmo: processo, meio, ponte para o nada. Polly já conhecia seu corpo. Faltava lançar-se no espaço.

Em casa, Adrina me repreendeu pela demora. Victória a estava minando. Filhos matam mães, e mães matam filhos. Nem elas se tornam mais maternais por cuidarem deles, nem eles chegam a ser mais humanos por receberem tantos cuidados. Não raro, apenas se anulam ou se estragam.

Joguei-lhe o cheque na cara. Dinheiro sempre comove. Ou conforma.

– Ela te ligou – Adrina disse, olhando o valor do cheque.

– Quem?

– Sua Polly. Parecia angustiada. Pobre moça! – disse e riu, um riso novo, desconhecido, que pelo resto da noite me deixou perturbado. – Dei a ela o número do seu celular.

Virei-lhe as costas e fui me lavar dos odores de Geórgia.

A piada mortal

De manhã, o humor de Adrina não sofrera nenhuma alteração. Era o mesmo dos últimos dias e meses. Nem o dinheiro fora capaz de adestrá-la. De um ponto específico da trilha não se volta mais, eis a verdade. É como quando um nadador apenas razoável decide se exibir nas águas de um largo rio. No meio da travessia, é mais do que certo encontrar a morte, pois já não tem forças para ir em frente, nem tampouco voltar. E quem o salva? Quem é o idiota?

– Não, não há Deus, nem acaso.

– O que você disse? – Adrina perguntou.

– Nada. Li alto um trecho do roteiro.

Estávamos à mesa do café, e eu revisava o texto que Geórgia me passara. Ia ter muito trabalho.

– Agora sei o que Virgínia encarava – ela disse.

Não me ergui do texto, embora tivesse captado com exatidão a ironia. Adrina queria de mim na vida a atenção que começara a me negar na cama. Como Virgínia. Mas Virgínia tinha outros desejos, e até propósitos. Passar do corpo oposto para o idêntico. Um aprendizado, no fundo. E Adrina? Já experimentara a ambos e também a alegria de um filho. Que mais poderia pretender?

– O que você quer?

Ela pareceu se desarmar. Em segundos, tinha se levantado, posto a xícara na pia e marchava pelo corredor em direção ao quarto de Vic. Era o que queria, a filha. Nada mais importava. Um pedaço de carne com quatro membros, uma cabeça e um orifício para o amor futuro ou a perpetuação da espécie. Eu começava a crer que Victória não era minha filha. Ou então que tanto amor da parte materna sufocava meus sentimentos, quase nulos agora. Quando um pai é na verdade um pai? Qual é de fato a sua participação? Além do leite criador, que mais ele oferece? O cuidar não é suficiente, e já há quem o faça a contento, na proporção exata que não admite acréscimos. Logo, um pai só se torna pai quando não há mais mãe... Era a conclusão a que eu chegava.

Adrina voltou com Vic no colo e uma maleta na mão.

– Vou embora.

Encarei-a incrédulo, mudo. Vic tocava o ar com as mãozinhas e um sorriso na boca minúscula, alheia aos conflitos à sua volta e pelos quais talvez tivesse a total responsabilidade, inocentemente, é claro.

O interfone começou a tocar. Saltei sobre ele antes de Adrina. Era Virgínia, estava lá embaixo, à sua espera. Dei um sorriso, que se transformou num riso de escárnio e, logo, numa gargalhada longa, tipo a do Coringa em *A piada mortal*. Adrina se moveu em direção à porta. Deixou para trás a mim e aos meus humores. Nenhuma mulher talvez se conformasse a mim, com exceção de Polly. As outras me pedem o que não posso oferecer, exatamente porque não sou o que elas querem. Não sou *quem* elas querem.

Quando Adrina abriu a porta, gritei:

– Sim, volte pra Virgínia, foi afinal pra felicidade das duas que eu te comi!

Ela se voltou:

– Cretino!

O baque maciço da porta mergulhou numa quietude pesada todo o apartamento.

Bentinho, que não aparecia há semanas, deu o ar de sua graça ou de sua desgraça:

– É, de fato, Victória é sua filha.

Encarei-o quase com fúria, ódio.

– Mães não privam os filhos de seus falsos pais. Não teria efeito – concluiu.

Como nos enganamos a todo instante nesta vida. Mesmo com os fantasmas.

Reflexões

Não telefonei para Polly. Ia parecer infame. Poderia pensar que só a procurava porque Adrina se fora. Este era o meu receio, e a ele cedi. Por dias longos e árduos me dediquei completamente ao trabalho de revisão do roteiro. Antes do prazo, enfiei-o num envelope e deixei na portaria do prédio de Geórgia. Não queria mais encontrá-la, ainda que Adrina tivesse ficado com o cheque, me deixando completamente liso. Eu estava até o pescoço de mulheres. Nos últimos dois anos, foram três a fundo e uma em superfície, Geórgia, nos braços de quem não fui senão um fantoche, um rebocador para o seu costado. Foi ela quem deu as ordens, azeitou as máquinas e abriu caminhos. Cumpri a mera parte que cabe a um amante, naquelas condições: proporcionar prazer e fingir que o tem. Não precisei fingir. Mas foi tudo. Saí de sua casa envergonhado.

Victor again

Dias depois recebi um telefonema de Victor. Dizia, sem preâmbulos, que estava lá embaixo, perto de meu prédio, num bar, e que desejava conversar comigo. Desci. No bar entregue às moscas, o avistei numa mesa de canto, recuadíssima, quase no calor da cozinha. Pedi também uma bebida e me sentei. Mal nos cumprimentamos. Muita coisa ficara de tudo o que nos acontecera e ainda não a tínhamos ingerido devidamente, sequer mastigado. Em grupo, era normal que nos cumprimentássemos. A sós, porém, tornava-se penoso.

– Soube de Adrina – disse.

– Normal – falei. – Eu já estava mesmo de saco cheio.

Ele assentiu, com a cabeça. Algo o incomodava, e isso era visível no olhar melancólico e nos gestos vagarosos demais. Assim me recebera na ocasião em que descobri que era com ele que Virgínia se embolava...

–Polly... – falou.

– Que houve?

– Sumiu. Não está com você, está?

– Não.

– Sério? – e me olhou, desconfiado.

– Sério. Não a vejo há tempos. Apenas nos falamos por telefone, dias atrás. Na época, não me pareceu que ela estivesse bem...

– É, não estava. Agora, sumiu. Não está em lugar algum.

– Foi à polícia?

– Pra quê?

– Ora, eles têm meios, métodos... Sabem o que fazer.

Victor olhou para fora do bar:

– Na verdade, eu tinha esperança que ela estivesse com você...

Então me ocorreu que Polly pudesse estar no apartamento da Vitória, cuja existência, por suas próprias palavras, Victor desconhecia. Ele logo se animou, cheio de expectativa, apesar da suposição, evidente, de que vinha sendo traído. A caminho, me perguntou:

– Você tem a chave do apartamento?

– Não, claro que não!

Coisa de casal

O porteiro foi lacônico: "Não vejo a senhorita Polly tem muitos dias". Então, procuramos o síndico, que infelizmente não estava em casa. Tivemos que ir ao seu trabalho, num velho edifício do Comércio. Já escurecia na Rua Portugal, quando nos fizemos anunciar. As árvores, em abundância, matavam os restos de sol.

O homem nos recebeu contrafeito, sem nenhuma vontade. Era óbvio que chegávamos com um problema, para ele que já possuía tantos – em família, no prédio e na escrivaninha.

– O jeito é arrombar a porta – propôs, com objetividade.

Arrombamos, na presença de um policial, do síndico e de um vizinho. O apartamento estava intacto. Nenhum vestígio de coisa alguma. Nem de amor, nem de desespero, nem de luta. Simplesmente um lar deserto, à espera empoeirada de sua moradora.

– Parece que ela viajou – sugeriu o policial, ao se deparar com o guarda-roupa vazio.

Foi preciso explicar que ela não morava ali. Que mantinha o apartamento como um lugar alternativo para, digamos, gozar a vida... Houve um silêncio constrangedor.

Na rua, Victor pediu que eu fosse com ele à casa dos pais de Polly, em Jequié. Desconfiava que ela estivesse por lá. Havia telefonado várias vezes, e seus pais, numa recepção pouco interessada, e nada amistosa, apenas respondiam que a filha não estava ou que se encontrava aqui, em Salvador. E faltava a Victor a coragem de dizer que a procurava porque ela desaparecera, o abandonara da noite pro dia.

– Houve alguma coisa entre vocês? – perguntei, antes de aceitar acompanhá-lo.

Ele demorou a responder, e logo vi que algo sucedera. Se não grave, incômodo, o suficiente para afastá-la. Victor o admitiu, mas com reserva:

– Nada de mais. Coisa de casal.

Em Jequié

A viagem a Jequié foi inútil. Uma empregada nos atendeu no portão da casa dos pais de Polly e disse que a família estava na fazenda. Para o aniversário da filha caçula, treze anos.

– E quando é o aniversário? – perguntei.

– Amanhã.

– Polly veio? – Victor perguntou, ansioso.

A mulher não soube dizer. Perguntamos se ela iria à fazenda, e respondeu que não, que ficaria cuidando da casa. Imaginei logo o cuidar. Naquela noite e na seguinte, ela dormiria na cama dos patrões. Talvez com o mecânico da esquina ou com o entregador do açougue. Mais provável que fosse com o balconista da mercearia, que traria as provisões de queijo, salame e cerveja. Um misto tropical de Carmen.

Perguntei como poderíamos chegar à fazenda e se lá havia telefone.

– Não, não tem telefone – seu tom de voz era falso, ou de fastio. Estava doida para nos ver longe. Talvez o salame já estivesse lá dentro, no ponto, à sua espera.

A mulher fechou o portão na nossa cara, depois de informar que na rodoviária encontraríamos quem nos levasse à fazenda dos Rios.

– Vamos deixar para ir amanhã – Victor sugeriu.

Ele achava que Polly, não se relacionando muito bem com a família, não viria com antecedência, isso se viesse. Chegaria para a festa e partiria tão logo o seu término ou mesmo antes. Viria apenas para abraçar a irmã. Se isso.

Bem, ele a conhecia mais do que eu, então concordei.

– Eles são ricos, não? – falei.

– São. Bastante. Administram um mundo: casa aqui na cidade, uma fazenda, casa de praia em algum lugar, carros aos montes, prédios comerciais, lojas, fábricas e até imóveis em Salvador...

– Mas não têm Polly – rebati.

Victor parou e me olhou.

– Não.

NOTA JAZZ

Ficamos num hotelzinho barato perto da rodoviária. E, à noite, corremos as ruas atrás de um restaurante ou bar dignos de nossa presença. Eu queria comer, e Victor virar uns copos. Mas era quase impossível encontrar algum lugar que prestasse. A tendência era "mesa e cadeiras de plástico na calçada e música ruim a todo volume".

Depois de muito procurar, paramos diante de um bar inusitado, de cujo interior escorria um cálido tema de *jazz*. Havia pelo menos umas trinta pessoas espalhadas pelas mesas, a olhar para um grupelho de bateria, baixo e saxofone. O *jazz* era comum, mas, àquela altura, balsâmico; os músicos tocavam com entusiasmo e a plateia, atenciosa e interessada, ouvia; e, por fim, seria pedir demais que a qualidade passeasse por ali, vestida de arrojo e disposta a improvisar. Já bastava a diferença, uma morena em meio a tantas louras... Querer que tivesse porte e esplendor já era sonho.

Levantei a cabeça e olhei o nome do bar: *Nota Jazz*. Risível. Medonho. Assustador. Mas foi ali que passamos metade da noite.

O SOLO

Foi durante um desconexo solo de bateria que um dos caras que aportaram em nossa mesa – um tal André, cuja esposa estava morrendo e passou a noite a diminuir os benefícios do casamento – afirmou, surpreso, que a festa de aniversário da irmã de Polly era naquela noite... Olhei para Victor, que baixou a cabeça e começou a bater com a testa na beira do copo, firme em suas mãos. A idiota da empregada certamente estava há tantas horas trepando na cama dos patrões, que perdera a noção do tempo e se confundira. Ou então fizera de propósito, orientada.

Puxei Victor pela gola da camisa, paguei a conta e saímos. Na rodoviária, tomamos um carro. Informei o endereço ao motorista e perguntei quanto tempo duraria a corrida até a fazenda dos Rios. Não menos que quarenta minutos.

– Bem, poderemos lavar os pratos da festa ou, se você preferir, varrer o chão – Victor disse, com a voz pastosa.

Os rios e os laços

A festa realmente tinha acabado quando chegamos. Já nos arredores da fazenda, cruzamos com vários convidados que voltavam para as suas camas. Nos olhavam como se fôssemos ladrões apanhados em flagrante. Mesmo assim continuamos, atravessamos o portão e só paramos diante do alpendre da casa grande. Um empregado perguntou o que desejávamos. Era alto, esquelético e desengonçado. E falava um idioma quase monossilábico. Pouco depois nos conduzia à presença de um homem de mais ou menos uns setenta anos, que, soubemos em seguida, era o avô de Polly. Seus pais já tinham ido dormir e a aniversariante também. Um cara tocava violão no cômodo ao lado para duas garotas deslumbradas. Era o irmão de Polly. O mais jovem. O mais velho conheceríamos mais tarde, quando o avô mandou que o chamassem. Ele veio, e todo o caso foi esmiuçado pelo velho, que concluiu:

– Vieram atrás de Pollyanna, achavam que a encontrariam aqui... Dizem que está sumida...

O cara não disse nada. Desabou sobre uma cadeira e se serviu de uma enorme dose de uísque. A mesinha cheia de garrafas e copos tremeu com o peso de suas patas. Eu ia falar alguma coisa, mas o velho pediu, com um gesto, que eu me calasse. Algo enterrado muito fundo nos impedia de compreender melhor a situação.

O neto nos serviu doses generosas e sugeriu um brinde:

– Ao sumiço de Polly!

Hesitamos, mas acabamos por levantar os copos. O velho estava quase dormindo, mas também ergueu o seu à altura da cabeça e depois sorveu mais da metade do líquido. Houve um silêncio longo e opressivo. Por fim, o irmão de Polly disse:

– Só vamos ter mesmo certeza do seu sumiço dia trinta, no banco. Não houve um mês sequer, desde que ela saiu de casa, há cinco anos, que não fosse ao banco pegar sua mesada. Mas dia trinta tá perto. Vamos ver!

De repente, o avô disse:

– Dê um fim nestes cabras.

Obediente, o neto se levantou:

– Vamos, o velho não quer mais vocês aqui. Estão de carro?

– O táxi tá aí fora – falei, temeroso.

– Pois peguem e caiam fora. É por culpa de veadinhos como vocês que Polly não volta pra casa!

Estávamos na sala principal e avançávamos em direção à porta, quando o insulto do sujeito nos deteve. Voltei-me, com uma coragem que nunca imaginei possuir. Contudo, foi tão somente para surpreender em suas mãos a pesada espingarda de dois canos.

– Tudo bem, tudo bem – falei e arrastei Victor até o táxi.

Pela janela traseira, todos os vidros erguidos, vi que o cara corria atrás do carro, gritando e dando tiros para o alto.

– O que foi aquilo? – Victor disse, aliviado, quando a fazenda ficou para trás.

– Laços de família – respondi.

Talvez um exílio

Não foi senão na volta da infrutífera e conturbada viagem a Jequié que me ocorreu o lugar onde Polly pudesse ter se refugiado... Ela não se escondera num espaço, num lugar específico, mas no tempo. Precisamente em "nossas núpcias".

Não comentei nada com Victor. Se Polly fora realmente para onde eu desconfiava que tivesse ido, era porque não queria vê-lo, talvez nunca mais. Um novo amor é como um novo dia. Você logo esquece que sofreu e que, por muito tempo, não viu o sol. Do mesmo modo se substitui o dia atual, o amor atual, pelos de ontem. Basta que o coração sofra, e a vida não o cure.

Portanto, se Polly se exilara no tempo, era porque o presente não a satisfazia ou então a magoava. É preciso compreender que o culto ao passado muitas vezes não constitui um sintoma de fraqueza, nem de loucura, nem de tédio, mas a única opção que nos resta.

O asceta

Como estava sem fundos para financiar a viagem, eu só tinha duas alternativas: ou pedia dinheiro emprestado a Geórgia (o qual certamente ia ter que pagar com outro elemento...) ou colocava alguns livros no saco e ia rogar pelo amor de Deus no sebo da Rui Barbosa. A inflexibilidade do proprietário e seus auxiliares me fez pensar numa terceira opção, luminosa. Empenhei, com eles próprios, minha coleção das edições de *Bartleby, o escriturário*. Só em inglês havia 37 exemplares de edições diferentes, inclusive uma escolar, impressa numa remota cidadezinha da Austrália. Várias também em francês, espanhol, italiano, alemão, turco; uma em árabe e mais um punhado em línguas eslavas e nórdicas. Sem falar das inúmeras edições em português, entre as quais uma com um delicioso prólogo de Jorge Luis Borges. Consegui três mil reais, com o compromisso de, ao resgatar os livros, lhes entregar cinco mil, um lucro estúpido! Um tal Seven se encarregou de acondicionar os 113 volumes em lugar seco e fresco, à espera de meu retorno. Fui da Rui Barbosa direto para a rodoviária. Mal cheguei a Lus, vendi meu telefone celular e empenhei meu relógio de pulso, um Mido autêntico. Acabaram-se minhas riquezas.

Ex-presidiário

Sim, lá estava ela, na praia. E hospedada no mesmo hotel de nossas núpcias. Deixei a bagagem na portaria e segui pelo caminho de pedras até a orla de areia branca, fina como leite. Polly dormitava ao sol, o corpo estendido sobre a cadeira, braços relaxados, pernas abertas. Os olhos protegidos por óculos escuros, que refletiam o céu, de um azul intenso, e as poucas nuvens, diluídas em luz. A praia se encontrava quase deserta, por causa da proximidade do fim do verão. Muitos turistas tinham partido, e provavelmente bem poucos haviam chegado. Em breve, o hotel fecharia as portas durante pelo menos seis meses. Ainda tínhamos alguns dias, e minha ideia era aproveitá-los ao máximo. Sem que ela percebesse, me sentei ao seu lado e fiquei observando as gotículas de suor que deslizavam por sua pele e evaporavam no ar, antes de atingir a areia escaldante. Um suave bronzeado de uma semana a envolvia, como um raro tecido de tom leve.

– Oi – falei.

Polly tirou os óculos e me olhou. Sua alegria foi tão ampla quanto à de uma criança que revê seu brinquedo perdido, que, durante muito tempo, só pudera resgatar em sonho.

Naquela tarde, nos amamos como se eu tivesse saído da cadeia, e por muito tempo ela houvesse me esperado... Do parapeito da janela, incendiado de sol, Herberto nos observava.

O TÚNEL

– Como você descobriu que eu estava aqui?

– Intuição.

E contei que Victor a procurava.

– Com ele, nunca mais – falou.

– Certeza? – provoquei.

– Claro!

Depois de uma pausa, perguntou:

– E Adrina?

– Foi embora. Acabou.

– Por isso você veio...

– Não.

– Não?

– Não. Vim porque fiquei preocupado com você.

– E Vic?

– Com Adrina.

Polly largara o novo trabalho que Victor lhe arranjara e abandonara definitivamente a universidade. Queria mudar, viver outra vida, ao menos por uns tempos. Não estava se sentindo à vontade nem mesmo consigo própria. Quanto mais ao lado de Victor, para quem bastava sexo, dois corpos em luta. E ainda assim, com Polly, só se alguma de suas alunas o frustrasse. Ou quando queria, sobre ela, imaginar-se com outra. Um fazer de conta, como o das crianças. Polly partira de noite, sem lhe dizer nada.

– E você? – perguntou.

– Como disse, Adrina se foi.

– Melhor pra mim – confessou, sem nenhum disfarce.

– Tente não parecer tão satisfeita – brinquei, num tom de voz sério. – Afinal, é mais uma criança que crescerá sem pai...

– Mas com duas mães.

Olhei-a surpreso. Ou melhor: desconcertado.

Ela explicou:

– Virgínia me disse que Adrina ia voltar pra ela.

– Quando?

– Pouco antes de eu vir pra cá. E foi, aliás, por isso que saí logo de Salvador. Pra que você não me procurasse... – confessou, com uma careta infantil.

Dei risada:

– No entanto, veio direto para o nosso ninho...

– É – ela também riu, e fez uma cara de menina apanhada em falta.

Por um longo tempo não falei coisa alguma, nem ela. Começava a escurecer. E a soprar um vento frio, certeza de que o verão se escoava, irremediavelmente. Lancei o lençol sobre nossos corpos nus e a abracei. Por um instante, respiramos juntos o mesmo ar, num ritmo único, de alento.

– Fugi de você, mas para um lugar conhecido... Vir para cá foi como mover estrategicamente uma pedra num jogo. Pensei que, se você fosse um bom jogador, fatalmente perceberia. E percebeu. Como no Romantismo: a mocinha cede e recua, se esconde e se mostra, até que...

– Até que um ou outro morre. Ou os dois.

Polly me olhou, chocada:

– Não!

– Sim!

– Você é cruel... – ela lamentou.

– Não o suficiente – e comecei a forçar sua bunda. Polly não impôs resistência.

Lá fora, um carro entrou no túnel de vegetação que conduzia ao jardim interno. Seu peso rasgou a tarde, os redutos de sombra, as paredes ásperas, os glóbulos de luz que dançavam na escuridão.

A declaração

Dias depois, fomos à cidade comprar roupas. Esta é uma das maiores realizações para os homens: vestir com o conteúdo de seu bolso o corpo das mulheres que amam. Eu não tinha coragem de lhe dizer que a amava. E provavelmente o motivo era porque talvez não a amasse. Não a ponto de confessar tal sentimento e não me sentir um idiota.

Na loja, me dirigi ao provador dos homens, e Polly ao das mulheres. Lá dentro, porém, descobrimos que tínhamos nos enganado. Houve gritos, gracejos. Voltamos rindo.

– Vi uma garota quase nua – falei depois, já no caixa.

– E daí?

– Bem, é isso. Nada de mais.

– Era bonita?

– Era.

– Era gostosa?

– Acho que sim. Não provei.

– E você a desejou?

– No momento, não. Agora, que pensei nela, sim.

– Que cachorro!

A moça do caixa nos olhou com um misto de assombro e diversão. Paguei. Apanhei os pacotes e puxei Polly pelo braço. Na rua, falei, o mais sério que pude, e cruamente, sem qualquer pudor:

– Cê sabe que os homens amam a mulher enquanto gênero. E não pessoa. Ou seja: um pedaço de carne, com braços, pernas, cabeça, seios, bunda e uma vulva.

– Certo, certo – ela disse, balançando a cabeça e olhando a rua em toda a sua extensão. – E com você não é diferente... – riu.

– Não.

Sabia aonde eu queria chegar. Sempre soube, desde o início.

– Não é amor então o que você sente...? – disse, em tom quase afirmativo.

– Na verdade, acho que quero estar com você, na cama e em qualquer outro lugar, tanto que estou aqui. Admirar seu corpo, acariciar sua pele. Depois relaxar, dormir, passar o resto da noite ao seu lado. Ver também você gozar e sofrer com minhas exigências... É isso. Mas será amor? Não sei. Acho que não.

Polly parou e me olhou firme. Pessoas transitavam à nossa volta. Estava linda ao sol, os cabelos esvoaçantes, os olhos crispados por causa da ausência dos óculos escuros, esquecidos no hotel. Os lábios se moveram para emitir qualquer som, uma palavra que fosse, mas, por um instante, estagnaram mudos, embora levemente entreabertos, como quando ela se deixava levar pelo desejo e se eriçava sobre mim, as coxas abertas, os seios trêmulos, mãos hostis...

– Porra! – disse, afinal, em tom choroso e inesperado.

E saiu correndo pela rua apinhada de homens, que a olhavam com o mesmo desejo que eu.

Aquela foi a melhor declaração de amor que já fiz a uma garota e, como quase tudo que falamos na vida, foi mal interpretada.

Mágoa e reconciliação

Me sentei à mesa de um bar. A sombra era pouca, mas refrescava. Bentinho também puxou uma cadeira. Ofereci-lhe uma bebida, que ele recusou com uma cara de nojo ou de quem passara a noite toda metido num copo. Aceitou, porém, uma água tônica. Enquanto o garçom a providenciava, não sem assombro, pelo fato de eu lhe pedir um segundo copo, Bentinho disse:

– Você a magoou.

– É, mais uma vez – assenti, sem pesar.

Quando voltei ao quarto, Polly já estava deitada na cama desarrumada e jamais refeita. Nua, fresca, os cabelos úmidos. Ao me descobrir, sorriu e separou os joelhos, belos e bem torneados, como pedras polidas pelo mar. Esticado aos seus pés, Herberto bocejava.

Hotel iluminado

Depois de uma semana, meu dinheiro estava no fim. Então falei:

– Vamos voltar?

– Não tô a fim – ela disse. – Não tenho nada para fazer em Salvador.

– Mas não podemos ficar aqui todo o tempo. Não tenho dinheiro pra isso. Nem você.

Polly acabara de sair do banho e, nua, sentada na cama, espalhava hidratante pelo corpo. Braços, ombros, seios, ventre, pernas. Os movimentos de suas mãos eram ritualísticos. Era como se não fosse seu corpo, mas um outro, de alguém, um ser quase irreal, incorporado ali por fusão de suas mãos com o líquido espesso, mágico.

– O hotel vai fechar, e já combinei de ficar aqui tomando conta de tudo.

– Como em *O iluminado*...? – ironizei.

– Isso.

– Por acaso, você conhece o dono?

– Conheço.

Polly conhecia muita gente. Dos mais variados tipos e origens. Papagaios do meio universitário. Gente de teatro que, de repente, sobe à mesa do bar e declama Aninha Franco como se fosse Shakespeare. Militantes de esquerda, com sua indumentária franciscana. Novos ricos com sua sede de destaque. Comumente, caminhando pelas ruas de Salvador, éramos abordados por alguém de suas relações. E lá se iam os minutos, gastos em conversa trivial, sobre nada. Mas ali, em Lus, ela garantia só conhecer Fernando, o dono do hotel, um (s)ex-colega de faculdade.

– Então você quer ficar?

– Quero.

– Durante o inverno, em exílio?

– É. Mas não é bem um exílio. Quero só dar um tempo. Espairecer.

– Esquecer, eu diria.

– Não. Não é isso. Não há nada pra esquecer.

Fiquei calado.

– Então vamos viajar! – falei, animando-me.

Ela me olhou sorridente, quase surpresa, sem botar fé em minhas palavras. Polly tinha razão em desconfiar. Era uma proposta que me ultrapassava. Ainda hoje sou assim, proponho quimeras, enquanto a verdade à minha volta me dobra o corpo.

– Pra onde? – perguntou, séria, contendo um sorriso de escárnio.

– Não sei. Rio. São Paulo. Já estamos tão perto do Espírito Santo. É só continuar.

– E como? Pra quê?

– Bem, de carro. E o objetivo, como você mesma disse: espairecer.

Polly se levantou e desapareceu no banheiro. De lá falou:

– E dinheiro?

– Vendo meu apartamento...

Ela tinha se sentado no vaso e fazia xixi. Logo se seguiu o som do papel higiênico, a acariciá-la, depois o ruído pesado da descarga e por fim o da torneira, fraco, avaro, quase gota a gota.

– Não vai dar em nada – disse.

– Por que não?

– Não sei. Intuição. Presságio.

– E em que deveria dar? – falei, rindo.

Polly não respondeu. Eu ouvia agora o pente deslizando em seus cabelos. Demorou um século nisso. Depois, fez bochechos com algum produto bucal, gargarejou ruidosamente, cuspiu na pia, lavou a boca e voltou para o quarto. Refiz a pergunta, com um acréscimo de ironia.

Mais uma vez, ela não respondeu. Escorregou para debaixo do cobertor – o frio se antecipara ao fim do verão – e se aconchegou a mim. Abracei-a, apertei-a e, finalmente, a acalmei em meus braços, como filha, esposa, um bichinho. Pouco depois, ela adormeceu e, já imersa em sonhos, disse, a voz turva, irreconhecível:

– Está bem...

Não, não estava. Ela jamais iria comigo a lugar algum.

Enfim, um casal

Decidi permanecer mais duas semanas ao lado de Polly. Durante esse período meu dinheiro acabou, e os últimos hóspedes foram embora. Fernando, o proprietário, chamou Polly e a mim para acertar os termos da temporada de seis meses cuidando do hotel, que só voltaria a funcionar no início de setembro. Mais tarde, no supermercado, falei:

– Não sabia que você tinha me incluído no acordo...

– Se você não quer, tudo bem.

– Não, não é isso. Estou mesmo sem dinheiro, sem trabalho. E, além do mais, adoro tomar banho de mar no inverno, com a praia vazia, quase um deserto. Bater queixo à beira-mar é fantástico, passar os dias vendo a chuva cair por trás da vidraça então, nem me fale...

Polly riu, constrangida, o rosto levemente ruborizado. Decidira por mim e agora se envergonhava. Virgínia também era assim, e Adrina idem. Uma normalidade nas mulheres que se casam. Nada de estranho, portanto. Pelo contrário. Eu já estava nos trilhos. O fato de que elas se deitem conosco já é o suficiente para que decidam também por nossas vidas. Na verdade, decidir deitar-se já é uma decisão dupla, por elas e por nós, que sempre ficamos à espera de sua paixão ou compaixão. Não há outra alternativa para a conquista da alma feminina e, consequentemente, de seu corpo. Sem uma nem outra, só nos resta a força.

– Desculpe – ela disse.

– Tudo bem – respondi. E acrescentei, ácido: – Basta que você se deite...

– O quê?!

– Basta que você se deite comigo de vez em quando. Sete vezes por semana, de preferência.

Ela parou, com uma lata de leite nas mãos. Pensei que fosse me acertar a cabeça. Virgínia talvez o fizesse. Adrina, sem dúvida. Não que fossem violentas. Não. Eram somente impulsivas e desprovidas de senso de humor. Diferentemente de Polly, que disse:

– Eu dormiria com você em qualquer circunstância, cê sabe.

– Fico feliz de saber.

– Mas você deve admitir que sete vezes por semana é demais – e riu.

– Para quem sempre teve "de menos" é o ideal. Um reparo.

A lata já estava no carrinho, felizmente, e enveredávamos pela seção de bebidas. Polly apanhou várias garrafas de Merlot, algumas bem caras. Até ir a Jequié, jamais soube onde ela arranjava dinheiro... Claro que sempre trabalhara, nos bicos arranjados por Victor. Mas o que ganhava com isso o condomínio e o IPTU comiam. O resto vinha da família, por conta bancária, ou de fontes desconhecidas.

– Lamento por suas putas de antes. Mas não sou eu que vou compensá-las. Não mesmo – seu tom mudara, já não havia em seus olhos aquele brilho de satisfação e gracejo. Estava séria, quase a me exigir um contrato formal de matrimônio.

– Não mesmo, não mesmo... – Polly continuou falando, a correr as prateleiras.

Era como se eu ouvisse Virgínia ou Adrina falar. E pensei que talvez o ponto de chegada de toda a experiência feminina fosse aquele, de uma ironia depreciativa às necessidades sexuais dos homens. É óbvio que há mulheres que transam como loucas, ávidas, selvagens, impetuosas, sempre prontas a uma cama, não importa onde estejam, nem o parceiro. Mas seriam realmente mulheres? Segundo Victor, não. E citava Mishima:

– São homens. Homens providos de um bolso.

– Fique tranquila, não quero que você as compense – falei, sem perder meu ar jocoso. – Quero apenas passar um inverno mais quente. Algo que justifique nossa permanência aqui, sob este céu azul que logo estará cinzento.

Polly parou na seção de carnes. Havia sangue por todo lado, nas embalagens arrumadas sobre o balcão frigorífico, nas carcaças penduradas em ganchos e no avental dos funcionários, a fatiar por trás do balcão o pedaço escolhido pelos clientes.

– Desde quando você precisa exigir que eu trepe com você? Sempre fiz isso sem problemas, inclusive com variações bem proveitosas, não? Se alguém ficou inibido alguma vez, não fui eu... – Polly contratacou, examinando o preço de uma bandeja de filé.

Pedi que falasse mais baixo e olhei em volta, envergonhado. As pessoas nos observavam com espanto, meio chocadas. Outras, visivelmente contrafeitas. Três garotas, porém, um pouco afastadas, sorriam de prazer e fascínio. Se comparadas fisicamente, eram singulares, embora fossem, sem dúvida, muito bonitas e sedutoras. Uma era bem miúda, com um rosto redondo e infantil, que lhe dava um ar de travessura e graça, realçado pela boca pequena e sensual, já reservada para as explorações do beijo desde o seu nascimento. A segunda, com um corpo mais arrojado, proporcional ao que os homens esperam, porque assim o desejam, inconscientemente, sugeria experiência sexual ao mesmo tempo exígua e atávica, herdada de seus ancestrais milenares, tão dependentes de sexo quanto o primeiro homem a marchar sobre a Terra. A terceira era uma espécie de meio-termo de ambas. Nem tão pequena e frágil quanto a primeira, nem tão preparada e disposta quanto a segunda. Tinha consciência de que chamava a atenção dos homens, com sua nudez apenas esboçada por sob as roupas, mas fazia questão de deixar claro que a escolha era sua, pois sorria fácil, sem desespero, apoiada na segurança das mulheres já feitas, conscientes de que não há segredos, nem enigmas, e que a vida não é senão um teatro para o exercício das simulações, inclusive as conjugais. E não tinha mais que dezoito ou dezenove anos, como as colegas.

Fui achar Polly na confusa seção de frutas e verduras.

– E então, terminou seu doutorado em sexualidade precoce? Qual das três prefere? Ou as prefere em grupo? Que peitos escolheu? E qual delas rebolaria mais, na hora H?

Não me aborreci. E até me alegrei que ela conduzisse as coisas com tão explosivo sarcasmo. Sem ressentimentos, sem ciúmes. Alguns diriam que aquilo evidenciava em Polly a ausência de amor por mim. Mas isso não seria um chavão, uma ideia feita? O tópico surrado do mais elementar tratado de psicologia conjugal? A meu ver, as coisas eram bem diferentes.

Eu acreditava (e ainda acredito) que o amor não é um sentimento. Também não é posse. Nem talvez a vontade de oferecer ao outro um céu físico, de puro corpo, ou a chance de suplantar o estado animal, de monotonia e exílio, que consagra a existência humana. Tampouco seria uma felicidade. Não há felicidade sobre a Terra senão por um tempo, uns míseros segundos... Aliás, o estar feliz já é um desespero. Não se prolonga, não se perpetua. Estará sempre por um triz. E é isso que nos faz procurar, atentar para as outras vidas à nossa volta. Uma busca que é tão utópica quanto insensata. E não poderia ser de outra forma. O amor não acontece, nem vem. E muito menos está guardado em algum canto. O que ocorre é que, um dia, dois seres se acham, ou se veem ou se encontram, e decidem naturalmente ser o apoio um do outro. O *plug* um do outro. Então se ligam. Na inocência de que só isso basta, que eles por si mesmos se bastam, e que alcançaram a satisfação pessoal, o sentido de tudo. Não. É só o começo. O amor, se ainda o podemos chamar assim, nos faz despertos para as possibilidades, e não cumpri-las nos frustra, nos abate, aniquila. Ao lado de uma única mulher, um homem foi apenas um único homem. Não existe caráter, nem personalidade. Cada homem é outro conforme o rosto que o atrai e fascina. E em cada fêmea a possibilidade do macho se amplia. Ao fim, possuídas todas, é como se ele tivesse vivido muitas vidas. Suplantado o terrível mal-estar de ser sempre um mesmo indivíduo, diariamente convidado a morrer.

Tal reflexão não me fazia melhor nem pior diante de Polly. Apenas me deixava mais frágil. Mais exposto.

– Você quer dizer então que não existe amor? – ela disse.

– Quase isso. Existe amor, sim, mas não como o conhecemos. O amor é outra coisa. Indefinível. Uma linha somente a seguir, depois do despertar. Na vida, existem os dias, os meses, os anos. No amor, os rostos, as mãos, os corpos. Nascemos para percorrer o tempo; amamos para percorrer os corpos.

Polly entrou no táxi. Me sentei ao seu lado. Durante um tempo ela não disse nada, nem eu. O silêncio era tudo e bastava, como no princípio do mundo, na época das coisas sem nome e sem forma. Ou lá em cima, no espaço imenso e inexpugnável.

Enfim, ela disse:

– Você é meio louco. Biruta mesmo.

– Claro! – e fiz uma careta.

– Não amar é o que de pior pode acontecer ao ser humano. Sexo não basta.

– Sempre bastou, eis a verdade.

– A "sua" verdade – Polly disse, com escárnio.

– Minha, não. Da espécie. Sem sexo, não estaríamos aqui, e a humanidade já teria sucumbido.

O motorista nos olhava pelo retrovisor. E foi então que Polly proferiu a grande frase, tirada de não sei qual tratado imprescindível de psicologia do relacionamento amoroso ou conjugal:

– Sexo é um instante que só o amor prolonga e justifica e torna maior que a vida.

– Talvez, talvez... – balbuciei, atônito.

– Talvez não, certeza.

Havíamos chegado ao hotel. E foi com amor que descarregamos as compras e as conduzimos para dentro e guardamos e cozinhamos e pusemos na barriga. Tarefa de condenados ou instinto de sobrevivência. E ainda achávamos que tudo estava bem, que éramos felizes. Talvez, pois: "Não existe destino que não se supere pelo desprezo". Camus.

As primeiras chuvas caíram ainda naquele dia, quando a tarde, de clara e ensolarada, tornou-se turva e lúgubre. A energia elétrica se foi e, na quietude das primeiras horas da noite, só nos restou o embate de corpos – ou de carnes – dos primeiros homens.

Chuva

A chegada do mau tempo nos impôs um regime de reclusão. Não passávamos do jardim interno ou da piscina. Minhas manhãs comumente se esgotavam na contemplação da chuva caindo sobre a água negra, salpicada de detritos das árvores. O dia branco parecia uma tenda suspensa sobre a cama úmida dos líquidos conjugais. Polly, às vezes, aparecia e ficávamos juntos contemplando a chuva, que poderia durar horas ou só alguns minutos.

Comecei a procurar qualquer coisa para fazer – consertos domésticos, por exemplo –, mas não achei muita coisa. Só uma torneira teimosa, num dos quartos dos fundos, pouco usado. Tentei recuperá-la, mas foi inútil. Depois de muito correr as lojas em busca das peças a que os vendedores chamam "reparo", acabei por substituir a própria torneira e guardar a antiga, com a nota fiscal da nova, para apresentar a Fernando. Ele, às vezes, telefonava, quase sempre à noite. Dizia:

– Como vão as coisas?

– Essa manhã, encontramos um corpo na piscina. Chamamos a polícia...

Polly, ao meu lado, começava a rir. E Fernando, depois de um rápido silêncio, explodia num riso nervoso. Polly tomava o fone de minha mão:

– Brincadeira dele, Nando.

Eram íntimos. Ou foram. Sem dúvida. Aquele "Nando" melodioso feria meus ouvidos. Era durante aqueles momentos em que eles conversavam que eu compreendia a inquietação de Victor quando lhe falei de minha relação com Polly. Nenhum homem suporta a menor ideia de concorrência masculina em relação a uma mulher. Qualquer um que se aproxime dela ou a tenha possuído constitui um entrave para ele. A verdade é que ou os dois se batem por sua posse ou a partilham, irmanamente.

Um dia, perguntei a Polly:

– Qual foi o seu caso com Fernando?

Ela não demorou a responder.

– O de sempre entre um cara e uma garota.

– Cama? Cama?

– O que você queria? Cozinha? Jardim?

Depois de uma pausa, acrescentou:

– Cê parece um velho falando desse jeito: cama? cama? – sua expressão era de nojo. – Queria o quê? Não foi você mesmo quem disse que sexo é tudo? Então. Fomos pra cama, sim. Aqui e em Salvador. Como cê acha que consegui ficar aqui? Não seria apenas por amizade. Nenhuma garota consegue nada só com amizade... Tem que deitar. Então a melhor coisa a fazer é compensar a necessidade com o prazer. Estoicismo, meu amigo, estoicismo!

Ela mencionou o jardim porque era ali que passava boa parte do tempo. Parecia uma madame de filme inglês, lá entre as flores e cercada de aparato de jardinagem. Seu negócio era adubar. Por muito pouco não largou adubo na comida.

Todo dia trinta chamava um táxi e dizia que ia ao banco. Levava as contas para pagar e anotava numa caderneta os depósitos que precisava fazer. Descobri que o apartamento da Vitória era próprio e que ela pretendia alugá-lo. O abatedouro. Fernando provavelmente o frequentara.

– Então você não pretende voltar... – falei.

– Não, vou dar um tempo por aqui, no hotel. Fernando quer que eu fique pro verão...

– Mas, e nós?!

– Sei lá! Fique também.

Era tudo. E ela, outra pessoa. Só Herberto a compreendia e, invariavelmente, dormia em seu colo, desfrutando do toque de suas mãos.

O sino

Numa manhã de estio, um sol pálido a violar as janelas, Polly me acordou dizendo que queria dar uma volta pelo centro de Lus. E nem era dia trinta ainda. Começamos pelo centro antigo e avançamos até a velha estação ferroviária. Tudo ali estava destruído. Não havia mais uma janela intacta. Nenhum banco inteiro. Portas arrancadas, algumas paredes em ruínas. Só o sino do chefe da estação sobrevivera – quem sabe por que motivo –, e começamos a badalá-lo, alegremente. Naquela manhã vazia, com as pessoas encerradas em casa a temer o frio, foi como se o tempo desse voltas sobre si mesmo.

Crianças acorreram para ver o que estava acontecendo, e vinham como se tivessem escapado ao peso eterno de cadernos e livros, dias e noites possíveis a surgir de sob seus pés. E sorriram quando nos viram. E também se aproximaram e tocaram o sino, como se fosse o manto de um deus ou o uniforme de um herói do esporte. Eram pequenas, e tive que erguer uma por uma até a altura da corrente celestial. Por um instante, sob efeito daquela música, vi tremer, vibrar, quase se mover, no recuo das linhas, os trens estacionados, mortos. No minuto seguinte, corríamos pelos trilhos ao encontro deles, as crianças à nossa volta, numa ensurdecedora algazarra.

As grandes máquinas e os frágeis vagões pareciam dormir. As crianças os invadiram a brincar, um pouco sem saber como, já que lhes faltavam referências. O que são os trens para nós aqui, na Bahia? Coisa de cinema. Ou memória adulta, de velhos. Um plano no papel, a cada novo governo. Um rabisco nas mentes, apagando-se.

Um desejo sufocado, um sonho esquecido. Aquelas crianças não sabiam direito se trens se moviam ou se eram como casas vazias, à espera de movimento e vida.

Passado um tempo, começou a chover, fino ainda, mas tudo indicava que ia engrossar. Uma névoa úmida baixou rapidamente sobre a cidade e, ao longe, diluiu os prédios, os bosques de pinheiros, os mastros das embarcações, as montanhas. Algumas crianças deixaram os trens e correram pelos trilhos de volta às suas casas, as mães as chamando aos gritos, como trovões.

Voltamos tristes para a estação e nos sentamos num resto de banco de madeira encostado à parede. Sob a chuva, os trens exalavam melancolia, um ar de exílio, de derrota. Pareciam desamparados, brinquedos atirados a um quarto escuro. Sua imobilidade não era natural, consequência do desgaste. Não. Jamais perderam vigor ou peças ou chegaram ao fim da linha, ao inevitável momento de desmanche. A insensibilidade dos homens, aferrados somente àquilo que oferece lucro, que os faz mais ricos ainda que piores, reduzira os trens àquele nível. Um dia, não houve mais pontos a ligar ou nenhum motivo rentável para fazer isso, e um magnata qualquer, aos brados ou arrotos, proferiu a sentença. E ali estavam eles, toneladas de ferro e aço, condenados, esquecidos, imóveis como túmulos.

Olhei para a pista que corria paralela aos trilhos e avistei homens rindo em seus automóveis brilhantes, ao lado de mulheres vazias. Eram os responsáveis. Eles e mais ninguém. Os trens tinham morrido, e seguia-se rindo. O mesmo acontece com as pessoas. Com todas as coisas. É para diante que está o sentido.

As toalhas

Fomos almoçar num restaurante da rua dos Padres. Depois da caminhada, estávamos famintos. Nossa entrada no estabelecimento foi providencial. A chuva engrossou, a ponto de não se conseguir ver coisa alguma para além da rua. O cais era uma mancha cinzenta, e o mar um pano crespo e sujo a produzir um mínimo de contraste. Ao longe, a praia embolava-se com o céu, de um branco leitoso, e prosseguia em sua ascensão ao ponto mais brilhante do dia, apesar da chuva.

De vez em quando um vulto saía de trás daquela cortina espessa e subia a rua, num passo arrastado, como se toda aquela água pesasse. Muitos vinham ao restaurante, e outros passavam direto. Sabíamos quando eram marinheiros, porque estes costumavam sentar-se ao balcão do bar, pedir uma bebida e baixar a cabeça. Talvez rezassem em segredo pelo fim dos tempos difíceis, de chuva e falta de amarras. Ou talvez apenas pensassem no sentido de suas vidas, no fato de que envelheciam e os desejos iam ficando para trás. Os que não eram marinheiros entravam ruidosamente e, nem bem aportavam à mesa, gritavam pelo garçom. Sentiam-se em casa.

Comemos em silêncio. A imobilidade dos trens nos fizera mal. Não conseguíamos esquecê-los. Eram como peças de roupas de crianças mortas. Os bracinhos ausentes impunham a ausência de outros braços, adultos. E mesmo de olhares. Mães preferem se tornar cegas a olhar de novo para elas.

Ao fim do almoço, Polly se levantou e me puxou pela mão.

– Quero te mostrar uma coisa.

Fina agora, a chuva mesmo assim molhava e feria. Os pingos deslizavam em nossos corpos como uma áspera faca no gelo. Corremos, Polly a me puxar pela mão, eu absorto, embora alegre por vê-la recuperar seu fulgor de antes, quando moramos juntos. Nunca mais a tinha visto assim. Nem mesmo no dia em que cheguei a Lus esteve tão alegre. Era a antiga Polly, a que me intimidava com suas propostas sexuais. A que ria de Victor, chamando-o de amante medíocre, e depois, séria, dizia que o amor era tudo, que mais nada importava...

Só paramos de correr quando entramos numa loja de departamentos, e mais precisamente quando achamos a seção de toalhas de banho e rosto. Polly começou a passar as mãos sobre as toalhas.

Pensei de início que ela quisesse se enxugar, mas não, queria apenas usufruir da maciez do tecido, que, de fato, fazia um bem enorme às mãos. Um bem prolongado. Mesmo depois de muito tempo, a sensação ainda continuava. Um certo formigamento tão prazeroso quanto a viagem do sêmen no ventre, até o salto no desconhecido. E foi com esse prazer, as mãos mais leves e o espírito disperso num sentimento de intenso bem-estar, que voltamos à rua.

– O que achou?

– Muito bom – falei.

– Maravilhoso! – ela disse.

– Já fez isso antes?

– Sim, várias vezes. Sempre faço isso quando posso. É ótimo. Mas hoje foi bem melhor, talvez porque está chovendo, e estamos molhados e acabamos de comer. Me senti mais lânguida. E você, não?

– Com-ple-ta-men-te.

E esfreguei uma mão na outra, sentindo ainda a ação do tecido atoalhado.

– Bela terapia – acrescentei, com um sorriso atravessado e em tom de piada. – Se os psicanalistas descobrirem, vão atender agora só de toalha...

Polly riu, mas ficou em silêncio. Entrávamos noutra loja, agora de ferragens. Continuei:

– E sabe de uma coisa? As esposas deveriam dormir vestidas assim. Talvez só de tocá-las os maridos se excitassem. Mas quem sabe se elas querem isso? Em geral, preferem ser deixadas em paz.

Polly parou no balcão e pediu uma ferramenta qualquer, para revolver suas flores.

Enquanto era atendida por um rapaz, pensei que do seu jardim cuidava eu, mas não a contento. Isso ficou evidente semanas depois, quando a vi mais de uma vez nos braços de outro cara, e sem amá-lo, nem admirá-lo. Por sexo apenas. Victor afinal lhe concedera o diploma. E talvez por isso ela quisesse alugar o abatedouro.

O poeta

Um dos telefonemas semanais de Fernando durou mais tempo que o normal. E não ocorreu à noite, mas de tarde, numa quinta-feira. Do sofá de espera na sala de recepção, eu observava Polly debruçada no balcão com o fone preso entre o ombro e a base da orelha. Seu rosto alternava apreensão e aquiescência. Era como uma noiva diante do padre, só faltavam os paramentos, e a música estúpida, de fundo. Quando afinal terminou, ficou um instante em silêncio, imóvel, o olhar perdido na vastidão em frente ao hotel, cujo limite era o mar, verde naquela tarde, com o sol já tão próximo que era como se fritasse a superfície da água.

– Precisamos ir buscar um cara na rodoviária. Vai ficar uns dias conosco.

– O que ele fez? Matou alguém? Ou costumava ver o trem passar?

– Não sei – ela disse e subiu para se arrumar.

Pus calça, camiseta e tênis e fiquei esperando. Polly reapareceu numa roupa relaxada, que a deixava ainda mais jovem. Uma garotinha. Não chamamos um táxi, andamos até a rodovia e tomamos o ônibus. De um dos primeiros bancos, Bentinho, havia tanto tempo sumido, me olhava a intervalos de sorriso e desafio. Parecia saber muito acerca do que estava acontecendo, mais do que eu. Por duas ou três vezes, gesticulei para que prestasse atenção mais à paisagem que a mim. Até que Polly, diante do meu estado de idiotia, perguntou o que estava acontecendo, para quem eu gesticulava.

– Não é nada, ninguém.

Mas ela não acreditou e tentou a todo custo descobrir com quem eu me comunicava. Com o nada, comigo mesmo, com o impossível. Bentinho era tudo isso e mais alguma coisa.

Quando chegamos à rodoviária, percebi porque Bentinho parecia tão nervoso e angustiado. Previra que eu sofreria o que ele sofreu.

O recém-chegado quase não trazia bagagem e abraçou Polly como se a conhecesse e apertou minha mão como se me desprezasse. Chamava-se Mauro, mas era óbvio que era um nome falso. Portava alguma coisa nas costas que, mesmo se vivesse conosco duas décadas, não descobriríamos. Dizia-se poeta, e realmente rabiscava alguns versos. Durante o período que passou conosco, revisou-os incansavelmente, à luz do abajur da recepção, noites adentro. No mesmo dia em que chegou, apertou Polly sobre o sofá do salão, sem que ela reagisse. À parte, a cara enfiada num jornal, tentei compreender o que se passava em seus olhos, mas ela os mantinha fechados, por prazer e para não me deixar perscrutá-la... Era então esse o acordo fechado durante o longo telefonema. A Polly "gueixa". A Polly contratada para servir. Ou então ela se deixara fascinar pela beleza e jovialidade do visitante, que tinha metade de minha idade. Lembrei-me então dos rapazes do meu prédio. Também com eles, ela se assanhara, mas por um breve período apenas e sem grandes consequências. Bem, até onde pude saber, sem consequências.

Deixei-os afundando-se no sofá e fui dormir. Para a minha surpresa, durante todo o tempo em que o tal Mauro se valeu da hospitalidade de Polly, Bentinho não apareceu. Houve dias em que, preterido e desesperado, roguei que ele viesse. Era patético. Eu balbuciava na noite, "Bentinho, Bentinho", enquanto no quarto ao lado Polly gemia. Noutra ocasião, para não escutar seus gritos de prazer, desci à praia e fiquei vagando pelas pedras. O clima voltara a se firmar, e as noites eram claras, coalhadas de estrelas. Para mim, todo vulto vislumbrado à distância era Bentinho. E, às vezes, nem era vulto, apenas o vento recompondo a paisagem. Nunca precisei tanto de um amigo, de alguém. Uma noite, ocorreu-me ir a algum lugar e arrumar uma mulher. Eu lhe passaria meu dinheiro e exigiria que ela me ouvisse. Mas é tudo que as putas não gostam, de ouvir mágoas, segredos, confissões. Não gostam de se fazer passar por padres nem médicos. Preferem abrir as pernas e receber. Mesmo assim, fui um dia a um lugar perto do cais e paguei por uma garota. Mas iniciara-se jovem demais e nem me deu prazer nem ouvidos. Foi como se eu fodesse um saco plástico e falasse a um macaco. Antes do fim da noite, convidei-a para ir comer bananas, e ela aceitou. Encerramos tudo diante de uma banca de frutas na praia do Posto. O vendedor passava a noite inteira ali, mesmo nos períodos de chuva. Um obstinado que via em qualquer notívago um turista perdido e com os bolsos abarrotados de dólares. Não era o meu caso. Mas a garota gostava de fato de uma banana. E comemos e depois nos despedimos. Quando voltei ao hotel, Polly e Mauro dormiam no sofá, exaustos.

Não raro, eles saíam de manhã cedo e ficavam ausentes o dia todo. E houve uma vez em que nem voltaram, senão três dias depois. Então chamei Polly e disse que não estava ali para aquilo, tomar conta daquela porra de hotel, enquanto eles trepavam em cada praia de Lus.

– Você não compreende... – ela disse, toda misteriosa. E foi dormir. O cara já estava na cama há horas e certamente a esperava. Nunca vi nada igual. Parecia ter um reservatório de esperma suficiente para engravidar todo o Nordeste.

Minha estratégia nos dias que se seguiram se resumiu a lhes devotar silêncio absoluto. Quando queria ser irônico, me reportava indiretamente a Herberto, o gato, que, no entanto, também era distante, frio e lacônico. Só miava. Temi que ele, por me odiar, tomasse partido do outro e me abandonasse. Em minha loucura, cheguei a projetar seu rapto e, em cativeiro, submetê-lo a um interrogatório pesado, para o qual seus miados seriam insatisfatórios. Felizmente, despertei a tempo de conter minha paranoia e deixei Herberto em paz. Era só um gato. E não era o foco do meu ódio, nem tampouco o era o visitante. Polly sim, que se sujeitava a servi-lo como antes servira a Victor e também a mim, durante meses. A rigor, eu não deveria me queixar. E, sem dúvida, o que me inquietava era tê-la perdido, ainda que temporariamente. Alijado do seu corpo, preterido de seus favores, eu minava. Estava magro, deprimido, infeliz. E quando parava para pensar na minha situação não encontrava claramente nenhum motivo de sofrimento. Não fora eu mesmo quem lhe dissera que sexo era tudo? Então, por que o desespero? Na verdade, eu falara do meu ponto de vista, vomitara minha verdade e agora, que ela se voltava contra mim, eu experimentava todo o seu peso. Atingido no traseiro por minha própria lança. A ideia que passou a me angustiar depois dessa reflexão foi a de que o caso de Polly com Mauro era uma vingança, uma trama, uma cilada arquitetada por ela e Fernando para me punir. Mas seria levar muito a sério minhas ideias, nascidas não raro de um ímpeto momentâneo, e, sobretudo, superestimar seu efeito junto a Polly e outras pessoas. Era como cuspir no mar e achar que longe, na Ásia, evoluções destruidoras alcançariam a praia. Àquela altura, Polly já nem se lembraria do que eu lhe falara. Estava mais interessada em Mauro, interessada de fato mais nele do que em mim. Só isso. Acontece com todos. Fascínio físico, paixão, loucura, chamem como quiserem. É, no entanto, o que move o mundo. Se alguém sobra, de lado, é pela causa primeira de fazer despertar a vida, reerguê-la, redirecioná-la. Os enjeitados que partam, peguem a primeira condução e se deixem escoar. Eu próprio já estava decidido a ir embora. Viera por causa de Polly e por ela ficara. Substituído, virara uma mobília, uma boca a mais na mesa. Não tinha mais razão para me retardar ali. Era conseguir uma grana e escapar. Mesmo porque ia fazer um mês que eu não dormia com Polly. Ou me aliviava no chuveiro ou nas fuinhas do cais. Cheguei a projetar uma conversa com Polly, ao fim da qual lhe pediria um pouco de dinheiro em troca do meu desaparecimento. Tinha certeza de que ela não se oporia. Pelo contrário. Também ela adotara o silêncio e já não me dirigia sequer uma palavra de consolo. Nossas refeições eram constrangedoras.

Só Mauro, pelo meio de nós, se arriscava a dizer qualquer coisa, mas logo se calava, intimidado por nossa indiferença. A sós, eu me perguntava se no silêncio de Polly já não estava um pouco de irritação para com o sujeito. Afinal de contas, já fazia um mês que ele nos aporrinhava, e seria mais do que natural que, sem o amar, ela se saturasse. Não há foda que sempre dure, nem sêmen que nunca frutifique. A não ser que quissesse engravidar – o que de resto poderia obter comigo –, já era hora de dar um basta àquela situação ou esclarecê-la de uma vez por todas. E, além do mais, o cara era um parasita. Só eu e Polly trabalhávamos. Na casa, na cozinha, no jardim, em todo o hotel, enquanto o pilantrinha circulava, lendo em voz alta seus poemas, ou, sentado à sombra, os revisava. Um dia, peguei seu manuscrito e por pouco não vomitei. O título era intragável: *As bodas vermelhas*. E os poemas, uma mistura de afetação pós-moderna com romantismo tardio. Dividido em cinco seções, chegava ao ápice de sua pretensão na última, inteiramente voltada para o culto a uma mulher insensata suficiente para ter um filho com seu eu-lírico. Quando eu não aguentava mais sua presença e começava e me convencer de que Polly também estava enfarada (houve uma noite em que ela surpreendentemente escolheu a mim em detrimento do poetastro, que, emburrado, foi reelaborar seus versos), um novo telefonema de Fernando decidiu as coisas. Fui eu que atendi e passei para Polly:

– O chefão.

Um carro chegaria no dia seguinte para pegar o sujeitinho e levá-lo a Porto Seguro. Foi um alívio, para mim, sobretudo, mas mesmo Polly pareceu esvaziar-se com essa notícia. Durante o jantar, era evidente que estávamos ansiosos pela chegada do novo dia, e o cara percebeu e se amuou. Ainda mais depois, quando nos reunimos os três no salão de leitura do hotel, cada um com uma revista, a matar o tempo e nossa ansiedade. Na hora de dormir, contudo, Polly não me chamou. Preferiu o poeta. Mais uma vez desabei na cama, frustrado, a olhar o teto. Ela certamente teve os seus motivos, ainda que jamais os tenha revelado a mim, nem mesmo em meio às brincadeiras conjugais, tão comuns antes e depois das trepadas, e ainda mais com Polly, que, após entregar-se, sentia necessidade de falar: da infância, dos amantes antigos, dos pais sempre alheios, de suas dificuldades na adolescência, suas crises na escola, seus desejos por homens mais velhos, suas vergonhas ocultas, arrependimentos tardios, seus súbitos surtos de coragem. Ela sabia, como nenhuma outra garota, abrir e fechar as gavetas. Para mim, naquela noite, as vazias; já para o outro, apesar da expectativa contrária, as cheias: seu corpo, seu amor, seu carinho, sua boa vontade. Ferido, deixei prolongar-se em mim, até de manhã, a sensação de derrota, o longo mal-estar de ter ficado para trás, como quando meu pai, nas segundas-feiras de minha infância, entrava no trem e da janela me oferecia um último adeus, cujo horror só terminava com sua volta, no dia seguinte à noite, as mãos a cobrir-me de presentes... O amor é sempre a busca de um pai ou uma mãe.

De manhã, quando o carro fez a volta para partir, vislumbrei no rosto de Mauro, através do vidro, um sorriso sarcástico que seu bigodinho tornava ainda mais nojento. O carro desapareceu na estrada, e, estranhamente, por quase uma semana, eu e Polly mal nos falamos. Constrangidos, doloridos, decepcionados, sei lá. Sei que eu não dizia nada, nem ela, mas mesmo assim nos entendíamos, Herberto entre nós a sublinhar com seu miado de descaso nossas inquietações. Exatamente no período que me pareceu mais fácil de transpor, dificultávamos tudo. Talvez por orgulho, vergonha de ceder. De repente, nada mais havia entre nós, nenhum muro: estender a mão era tocar um o corpo do outro. No entanto, mesmo ausente, o famigerado incomodava. A mim por ter ficado com o último favor, ao qual já não tinha mais direito; a Polly por ela não conseguir se livrar da sensação de que fora infiel, sobretudo na última noite, muito mais minha do que dele, uma vez que ela já não o suportava. Era evidente que Polly quis, de bom grado, lhe oferecer o derradeiro benefício, mas com isso me fez um grande mal, e a ela própria um outro, ainda maior: perdera toda a espontaneidade para comigo, estava sozinha e amarga, num lugar tão grande que podíamos passar dias e dias sem nos ver. Bastava que ocupássemos quartos diferentes e alternássemos nossas refeições. Foi o que fizemos. E, quando involuntariamente nos esbarrávamos, ela mal suportava meu olhar, e eu ao dela. De cabeça baixa e orgulho ferido, seguíamos cada um o seu caminho. E entre nós o hotel imenso, inócuo, opressor, capaz de levar um suíço às lágrimas. Não éramos, um para o outro, senão mofo, odor, uma sombra, um sonho ruim. Bastava-nos balançar a cabeça e esquecer ou fingir indiferença e deixar o tempo passar. Muitos casamentos terminam assim, quanto mais o nosso, sem nenhum compromisso, exceto a presença diária, recompensada com sexo e algum temor do escuro. Eu já nem tinha mais ânimo para piadas. Todo o meu bom humor se fora, diluído naqueles dias de sofrimento em que Polly se entregara a Mauro e me esquecera. Até hoje me pergunto por que motivo realmente nos calamos, depois de sua partida; por que nos afastamos, quando nada mais havia a nos separar... Até hoje me pergunto por que ceder é tão difícil e por que os amantes optam por continuar a morrer, pouco a pouco, em lugar de se oferecer o primeiro passo de reconciliação. É como se fossem, com isso, entrar no fogo e se deixar imolar. Não é o que ocorre.

Não fosse o terceiro telefonema de Fernando, numa inesperada manhã de sol, não teríamos saído daquele estado cruel de ignorância mútua. O telefone tocou, Polly atendeu e, depois de conversar alguns minutos, voltou-se para mim, encalhado do outro lado do salão, o rosto imerso num jornal de duas semanas atrás. Disse:

– Preciso de sua ajuda.

O primeiro passo estava dado. Dei o segundo. Mais tarde, Bentinho diria, filosófico, que a melhor coisa a fazer é pôr um pé depois do outro. Deus meu, quanta originalidade!

A missão

Alugamos um carro e fomos até o extremo sul de Lus. As instruções do obscuro Fernando mencionavam um cais abandonado e, em volta, um cemitério de navios. Dissera que o cais ainda estava intacto e que era seguro, podíamos até chegar com o veículo sobre ele e esperar.

Durante um quarto do percurso Polly dirigiu. Logo que nos reacostumamos um com o outro e voltamos a nos falar com naturalidade, ela me passou a direção. Mais tarde, chegamos a dar umas boas risadas, como nos velhos tempos. Claro que eu ainda não tinha ânimo para piadas, mas ria do que ela falava, de suas lembranças dos nossos melhores equívocos, todos realmente risíveis e que, em qualquer pessoa, formam a parte mais substancial da vida. Talvez, depois, chegássemos aos momentos mais líricos e, por fim, aos picantes, que voltariam a nos unir, corpo sobre corpo. Era o que eu esperava.

No meio do caminho, paramos no restaurante de um posto de gasolina e fizemos uma refeição rápida. Enquanto comíamos, mal nos falamos. Percebi que, à medida que nos aproximávamos do nosso destino, Polly ficava mais quieta e preocupada, quase abatida. Eu não sabia aonde íamos, nem qual era o motivo daquela viagem. Nem me interessava saber. Depois de tudo, daquele tal Mauro, poeta medíocre, e do silêncio que nos separou por tantos dias, eu preferia gozar da presença de Polly – ainda que sob o risco de perder a vida – a amargar sua ausência. Isso talvez provasse que eu a amava. Sim, talvez. Querer ficar com alguém já é um indício do quanto a pessoa nos é indispensável. Ou então é só desespero. Medo de estar só, de parecer rejeitado, num mundo que nos impõe a cada dia mais estranheza, um ar asfixiante de calabouço.

Polly parou de comer, abriu a bolsa e me mostrou o que eu jamais esperaria encontrar na bolsa de qualquer mulher, pelo menos não em vida, e em especial na bolsa de Polly, que não passava de uma garota.

– Pra que este revólver?!

– Nando pediu que eu trouxesse – esclareceu, com uma expressão de vaidade e ironia.

Parei de comer e fiquei, como um débil mental, olhando o interior de sua bolsa. Polly atentava à sua volta, cuidando para que os fregueses do restaurante não percebessem o que ela me mostrava. Seus lábios tremiam de excitação.

– Polly Rios, o que vamos fazer naquele cais? – perguntei, num tom sério, de censura.

Ela se levantou.

– Pegar uma encomenda.

– Mas o quê? É droga?

– Não sei. Sei apenas que temos que pegar a coisa, guardar e esperar um contato por telefone. Não posso dizer mais nada, mesmo porque não sei mais do que isso.

Fechou a bolsa e a atravessou no corpo.

– Bem, vou ao banheiro – avisou.

Fui ao caixa, paguei a conta e fiquei esperando. Um minuto depois ouvi o disparo. Todos no restaurante se levantaram e olharam em direção ao som. Corri e, para a minha felicidade, ao abrir a porta, me deparei com Polly diante do espelho estilhaçado, a arma fumegante. Ela me olhou:

– Foi mal, disparou... – disse, num tom infantil, balbuciante.

Tomei-lhe o revólver e o guardei dentro de sua bolsa, que ficou comigo, atravessada em meu corpo.

– Vamos embora! – ordenei.

Uma multidão se postara diante da entrada do banheiro e tivemos que atravessá-la, aos trancos e empurrões, as mãos alheias nos tocando como se fôssemos santos ou heróis. Expliquei que não acontecera nada, que estava tudo bem, e escapamos. Quando alcançamos o carro, o gerente do restaurante veio correndo em nosso encalço, aos gritos. Ignorando-o, liguei o motor e manobrei, o homem como mosca à nossa volta, auxiliado agora por dois garçons enfurecidos. Deixamos o posto e ganhamos a estrada.

– Bem, você acertou o alvo – brinquei, mais calmo. Meu humor voltara, quase de repente e sem qualquer motivo.

– O quê? Não entendi... – Polly ainda estava abalada.

– Seu reflexo. Você acertou seu reflexo.

Depois de um segundo, ela afinal sorriu.

Arquivo X

O velho cais estava deserto. Paramos o carro e descemos. O sol se escondera entre as nuvens, e temi que o mau tempo retornasse ainda naquela tarde, já que teria que dirigir de volta por quase uma hora e meia. Caminhamos por entre os barcos destroçados. Eram de vários tamanhos e formas. Acima da praia, num amontoado de ruínas, identificamos o que talvez tivesse sido, num passado não muito distante, um pequeno estaleiro. Isto certamente justificaria tantas embarcações encalhadas. Entramos no galpão e, em meio a uma quantidade inimaginável de lixo, encontramos algum maquinário remanescente dos grandes dias daquele lugar. As máquinas foram deixadas ali por causa de seu peso. Nem os ladrões que pilharam mais tarde o estaleiro tinham se interessado por elas. Havia também vestígios de presença humana recente, pelo menos até a queda do teto, tombado contra as paredes como um trapo molhado que secasse sob o sol e ali ficasse até virar pó. Garrafas, uma ou outra peça de roupa, embalagens de comida, um par de óculos velhos, o único pé de uma sandália de criança, com um pedaço de elástico unindo as duas tiras, econômico cuidado de uma mãe zelosa e que mesmo assim resultara inútil... Ao fundo, uma enorme bancada de marceneiro ainda mantinha, empilhadas, folhas de madeira e algumas ripas já meio podres. Sob nossos pés, um tapete de pó de serra e farpas. Ao avistar uma calcinha jogada num canto, Polly disse, apreensiva:

– Vamos sair daqui.

– Qual o problema?

Ela esfregava os braços, como se sentisse frio. Mas a tarde estava quente, a ameaça de mau tempo não passava de ameaça, uma zanga do seu céu com o sol.

– Esse lugar me dá calafrios. Acho que uma mulher foi estuprada...

– Não há prova disso... – brinquei. Na verdade, a visão daquela calcinha me excitara e fizera passar por minha cabeça o desejo de transar com Polly ali mesmo, sobre aquela mesa arruinada pelo tempo.

– Claro que há! – ela disse. E se dirigiu à saída. – Nenhuma mulher esquece sua calcinha num lugar assim.

– Então ela foi morta...?

– Com certeza!

De repente, o sol voltou a aparecer, fraco, doentio, como alguém que, depois de meses encerrado num quarto, chega à janela. Nenhum sinal de vida à nossa volta. Mesmo os pássaros marinhos pareciam ter debandado, como se percebessem no ar a sombra ou o som de uma catástrofe. Nosso contato já estava atrasado uma hora. Volta e meia, Polly olhava o relógio de pulso e gemia.

Caminhamos em direção ao píer. As primeiras tábuas rangeram ao peso dos nossos pés. Andamos até a ponta e paramos. O mar, antes calmo, se encrespara um pouco com uma brisa que soprava no sentido do mar para a terra, lançando contra nossos rostos uma poeira de sal. Ao longe, à nossa esquerda, as primeiras casas – muitas das quais começavam a acender as primeiras luzes.

– Logo vai anoitecer – falei.

E foi o que aconteceu, lentamente, ao passo que à nossa volta, por toda aquela extensão de areia, pedra e água, luzes se acendiam, evidenciando que não estávamos assim tão sozinhos...

O sol agonizou no horizonte por um momento e afinal desapareceu, largando no céu um rastro de luz e cor semelhante aos riscos que uma criança joga no papel, aleatoriamente, no calor da ação, impulsionada pelo instinto de criar.

– Que porra é essa?! – Polly explodiu, erguendo-se. – Cadê o cara?

Também me levantei, as tábuas gemendo sob nossos pés. O cheiro de mar agora era intenso e enjoativo. E vinha acompanhado de lufadas de carne podre, de algum refugo de peixe, ali perto, numa colônia de pescadores.

– Vamos embora – Polly disse e, decidida, voltou pelo píer de tábuas velhas e soltas. Segui-a. Logo alcançamos o carro. A lataria já estava molhada da poeira úmida que o vento levantava do mar sobre o mundo. Polly agora realmente tiritava de frio. Ou talvez de tensão, pelo encontro frustrado. Por outro lado, a temperatura baixara muito, à medida que a noite subira e o vento soprara as nuvens, deixando sorrir as estrelas. Os últimos rabiscos de sol iam se diluindo numa massa de cor negra que em breve tomaria toda a abóbada celeste.

Dentro do carro, no banco do carona, alguém depositara um pesado embrulho, que, nem com as duas mãos, me foi fácil erguer. Olhamos para todos os lados em busca do nosso furtivo mensageiro. Mas só havia escuridão e sombras, luzes na distância e o som ressonante da vegetação acossada pela brisa, mais forte agora.

– Que coisa! – Polly deixou escapar, os dentes em luta.

– O que Fernando disse? – perguntei, ligando o motor.

– Que um contato, provavelmente um cara, nos procuraria aqui. E que era um lugar deserto, onde não aparecia ninguém e que estaríamos seguros.

– E a encomenda? O que é?

– Não sei.

Alcançamos a rodovia, deixando para trás a estrada de terra, o cais abandonado, as luzes e o mar. Eu seguia a fita negra de asfalto, guiado pelos faróis. A escuridão maciça parecia limitar a nós o mundo consciente.

– Abra, então. Não deve ser uma bomba.

Polly se voltou e olhou o embrulho cuidadosamente escondido por mim no chão do carro, atrás do meu banco.

– Não – disse.

– Por que não?

– Não sei. Acho melhor não.

Eu não estava disposto a brincar. Por isso dirigi em silêncio até os arredores de Lus. O hotel surgiu ao longe, uma montanha negra de ângulos bem definidos e que a lâmina brilhante do mar, mais além, destacava com exatidão. Foi então que vi a lua, subindo na janela à minha direita, por sobre a cabeça de Polly, que adormecera. Não foi fácil despertá-la. Sempre teve o sono pesado das crianças, uma imersão profunda que a desligava da vida.

Enquanto abria a porta do hotel, com Polly às minhas costas, abraçada ao embrulho, falei:

– Isso só pode ser droga: cocaína, maconha ou qualquer outra, mais forte e letal.

– É – Polly concordou num resmungo, impaciente.

Continuava a tremer de frio, os lábios ressequidos, manchados de uma leve pátina branca, dentes em choque. Com os cabelos assanhados, a boca entreaberta e trêmula, os olhos quase fechados de cansaço e sono, Polly ficara ainda mais bonita, mais jovem, frágil e atraente.

A TRÉGUA

Dias se passaram sem que Fernando telefonasse, nem pessoa alguma viesse reclamar o embrulho. Isso me angustiava, pois temia ficar sob o mesmo teto onde, de alguma forma, uma mercadoria ilegal fora armazenada. Tinha suficiente leitura para saber que tal situação jamais termina bem. Polly replicava:

– Não há problema algum, cê tá exagerando. Isso não é um filme, nem tampouco um romance *noir*. Ou um episódio de *Arquivo X*.

– Sei. Mas por que Fernando não liga?

– Vai ligar.

Afora isso, não tínhamos outras preocupações. Já não éramos amantes. O afetado Mauro deixara marcas profundas tanto em mim quanto em Polly. Nas poucas vezes em que eu a procurei, ou ela a mim, foi para que, no minuto seguinte, mergulhássemos num silêncio incômodo.

– Cê sabe o que tem naquele embrulho? – perguntei, uma noite.

– Não.

– E não tem curiosidade de saber?

– Não.

– Mas, Polly!

– Esqueça isso – ela disse e se levantou e veio até perto de mim e me abraçou. Foi como se eu reencontrasse a primeira Polly, dos velhos tempos, amorosa e decidida – Vamos fazer o seguinte: vamos esquecer tudo o que aconteceu aqui nas últimas semanas. Tudo. Este embrulho misterioso e sem dono, o fato de que ficamos separados e, sobretudo, aquele... – e hesitou – aquele poeta... Um péssimo poeta, aliás...

Foi a trégua. A mais sofrida de todas. Não voltamos a ser o casal de antes, afinal de contas o tempo não apaga tudo, como habitualmente se diz. A memória permanece, e nela os momentos mais tristes: traições, preterições, abandonos, desprezos, ultrajes. Estas são feridas que não cicatrizam. Integram o rol das humilhações, e uma humilhação nunca se esquece. Supera-se a morte, a dor, um amor que se acaba, mas nunca uma vergonha. No instante último ainda a estaremos remoendo. Portanto, ainda que tivéssemos voltado aos ardores das noites partilhadas, eu não esquecia os dias em que Polly se voltara exclusivamente à adoração daquele poeta de talento forçado e risinho sem préstimo, típico dos cafajestes dos filmes B. Não sei por que ele passara aqueles tempos no hotel – um hotel vazio, açoitado pelo vento e pela chuva –, nem o que Polly ganhara servindo-o. Se ela pelo menos tivesse me dito que se apaixonara por sua juventude e seu vigor, atributos que começavam a desaparecer em mim, eu até aceitaria. Todavia, ela o arrastara para a cama como se cumprisse uma obrigação. Ou como se fosse uma espécie de reverência. Ele a majestade, o ídolo, e ela a cortesã, a fã. Por outro lado, um fator externo – qualquer que fosse ele – era preferível a uma atração genuína de Polly pelo sujeito. Demorei a compreender esta irrefutável verdade: é melhor que *nossa* mulher, ao ir para a cama com outro homem, aja como prostituta e não como amante. A prostituição tem um término marcado, a paixão nem sempre. A primeira nos devolve a mulher quase a mesma; a segunda, transformada, ferida, agastada, infeliz. Ficou claro então para mim que Polly continuava a mesma, um mesmo corpo e coração, apesar do seu silêncio – motivado talvez pela vergonha de ter se rendido a uma proposta enigmática. Coube a mim recuar de meus princípios e reabilitar a Polly dos primeiros beijos. Roman Gary foi preciso: o sentido da vida é só um, e tem gosto de lábios.

– Tudo bem – eu disse.

E me esforcei em redescobrir os segredos do seu corpo.

A piscina

– Não vá embora. Sei o que está pensando. Mas não tenha medo. Não há motivo pra ter medo – Polly disse, dias depois.

– Prefiro – falei.

Estava decidido. Mas o motivo não era o que Polly imaginava: o misterioso embrulho. Simplesmente não aguentava mais tanto mar, tanta chuva, tanto vento. O mau tempo voltara, e invariavelmente não saíamos da cama. Nem mesmo nos vestíamos. Era dali para o banheiro, deste para debaixo dos lençóis e, mais tarde, para a cozinha. Morto o verme que nos roía o estômago, voltávamos à cama. Mas, apesar de tudo, adiei a partida. E, um dia, tomei um táxi, fui à cidade e aluguei trinta filmes. A garota da locadora ficou pasma, a morder os lábios, os olhos com um brilho seco e excitante.

– Sou crítico de cinema – menti. – E estou escrevendo um livro sobre a recepção dos filmes em condição de exílio, de reclusão forçada pela chuva e pelo frio. Quando for publicado, te mando um exemplar.

Ela não disse nada, mas pude perceber que seus lábios se abriram num discreto e sensual sorriso.

Resolvido o problema. Num único dia, Polly e eu assistimos a oito filmes, embora só dois valessem realmente a pena. O resto era uma mistura do pior Scorsese com o melhor Tarantino. Contudo, era o que havia de disponível nas prateleiras. Quando fui devolver os filmes, visitei o único sebo da cidade. Não sabia onde ficava, mas a garota da locadora me guiou. Costumava frequentá-lo. Além de um interesse sincero por livros – tinha especial predileção pelo gênero conto, sobretudo o de mistério –, havia o fato de que era um amigo seu o responsável pelo estabelecimento. Seu nome era Roberto e de vez em quando rabiscava qualquer coisa literária. Voltei lá várias vezes e o ouvi ler suas histórias. Seu estilo era tenso. Havia um relato particularmente rebuscado e sedutor. A história de um sujeito arruinado que se limita a ler jornais, em busca de emprego, e a avaliar o que fez e não fez na vida. O desfecho, irônico, põe o sujeito deitado num parque, o corpo esquálido coberto de jornais...

A garota se chamava Liliane, e sempre aparecia na livraria, mesmo quando tinha serviço na locadora. Convidei-os um dia a ir ao hotel, e eles foram, numa sexta-feira à noite, e levaram vinho. Polly preparou um prato francês à base de frango e cogumelos, e os quatro nos sentamos à beira da piscina. A tônica do assunto foi literatura, e o álcool da conversa, cinema.

– Vocês namoram? – Polly perguntou, quando um pouco de intimidade se estabeleceu.

Os dois riram. Não, não namoravam.

– Já namoramos, mas há muito tempo... – Liliane acrescentou.

– É – Roberto assentiu. – Assim é melhor, pois não brigamos. Ou quando brigamos é só por causa de livros, filmes...

Os dois voltaram a rir. E Polly me olhou, amuada, como se me perguntasse: "Onde você achou esses dois palermas?"

A garota me lembrava alguém...

O vinho estava bom, e o frango ainda melhor... Num particular momento de comunhão, todos parabenizamos Polly pelos seus dotes culinários.

– Dotes franceses! – Roberto gracejou, fora de si.

– Eu me lembro de vocês... – Liliane disse, de repente, pousando a taça na mesa.

– De onde? – Polly perguntou, sem muito interesse.

– Do supermercado. Já tem algum tempo... Eu estava com duas amigas, e vocês... discutiam... É, discutiam.

– Claro! – exultei, recordando as garotas. – As adolescentes!

– Não sou adolescente! – Liliane protestou, séria.

– Mas naquele dia estava parecendo... – brinquei.

– É que íamos a uma festa. Uma coisa idiota. A ideia era se arrumar para parecer mais jovem. Mas foi uma droga. As pessoas levaram a coisa tão a sério que também se portaram como se realmente fossem mais jovens... Quase briguei com um cara. E tive que dar uma lição numa garota, no banheiro... Uma merda!

Balancei a cabeça e depois entornei meu resto de vinho. Também o de Polly, que me censurou com o olhar e voltou a encher nossas taças.

– Roberto também foi? – perguntei.

– Não. Prefiro parecer mais velho – ele riu e olhou para Polly.

Rimos todos, embora Polly houvesse se incomodado com o olhar de Roberto. E, de repente, do nada, sem que tivéssemos percebido o acúmulo de nuvens, começou a chover. Recolhemos a comida, o vinho e corremos para dentro do hotel. Depois de um tempo olhando a chuva por trás da vidraça, que caía forte no leito cheio da piscina, Polly sugeriu:

– Vamos dar um mergulho? É ótimo assim, debaixo de chuva! – e seu olhar cruzou com o de Roberto.

Ninguém respondeu. O frio não nos encorajava. De resto, só Roberto tinha algum motivo para hesitar, e o fez, de boca aberta, embora em silêncio, o olhar louco em Polly, nas possibilidades que seu corpo e suas pupilas ofereciam. Polly desapareceu num dos quartos e logo voltou, de biquíni e touca, os pelos dos braços arrepiados, mamilos túmidos. Roberto a apreciou com um desejo animal. Eu também. Mas eu a conhecia, ele não. E muito do desejo advém da curiosidade de conhecer, de devassar. Instantes depois, só de cueca, partiu no encalço de Polly. Os dois caíram juntos na água. E se embolaram, sumiram. Quando voltaram à tona, estavam abraçados, quase unidos, um dentro do outro. Polly ria, o corpo molhado a repercutir à luz dos holofotes. Abandonei Liliane na janela e corri até os fundos do hotel. No quadro de energia, desliguei a chave correspondente às lâmpadas que iluminavam a piscina. Minha volta surpreendeu os dois se debatendo na escuridão.

– Você é fiel? – Liliane perguntou, olhando-me. Havia incredulidade em seu rosto, apesar do sorriso.

Também se livrara das roupas, ficando só de calcinha e sutiã. Era magra, a pele lisa e sem cicatrizes, de uma cor entre a noz e o arroz. Os cabelos lhe escorriam sobre os ombros nus e parte das costas esguias, marcadas pela sucessão proeminente de compartimentos ósseos, sua provocante espinha dorsal. Ela voltou a me olhar com súplica, algo maior que desejo, ou medo. Um segundo depois, correu para a piscina.

Da água, me chamou aos gritos, no que foi imitada por Polly e Roberto. Eu mal os via. E nem queria ver. Debatiam-se e espadanavam água, como crianças brincando numa banheira. À pouca luz, percebi que Liliane se aproximou e se enfiou entre os dois, de costas para Roberto e frente a frente com Polly. A esta ela beijou, na boca; e àquele encostou-se, insinuante. Ambos aceitaram o jogo e, ato contínuo, os três se abraçaram, com vigor. Logo vi que seu sutiã caía, e os seios pularam, maiores do que eu imaginara. Polly mergulhou o rosto neles, enquanto Liliane voltava a cabeça para trás e beijava Roberto, diretamente nos lábios, sem hesitação. O céu estava branco de chuva, e sob essa luminosidade cúmplice pude ver que eles tinham me esquecido e se entregavam aos efeitos cegos do vinho, e ao peso da comida, que desperta o desejo e favorece os instintos. Nada me faria naquele momento tirar a roupa e cair na água. Nem mesmo a posse de uma mulher desconhecida e mais jovem que Polly, quase uma menina. Então fui para o meu quarto e me deitei e dormi.

Pela manhã, acordei com Liliane sussurrando ao meu ouvido, nua:

– Você é fiel?

Ou estava drogada ou era mesmo maluca, viciada em refrões. Seu hálito exalava um intenso odor de prato sujo esquecido sobre a pia. Olhei-a sem espanto, conformado, mas ainda assim tímido, cauteloso.

– Não, acho que não.

– Melhor assim – ela disse e escorregou para debaixo da coberta.

Sua mão me encontrou já armado, e sua boca não se importou com meu grau de acidez, acentuado pela noite de bebedeira e excessos gastronômicos. Ela me queria e queria que eu a quisesse – com o perdão do estilo *quequequê*, mais afeito aos gagos. Era isso mesmo: sua mão e sua boca conspiravam para me fazer maior, e maior a um nível do insuportável, de modo que, a qualquer momento, mesmo sem desejá-la, eu me afundasse em seu corpo, como um recluso, um enjeitado, um soldado forçado à solidão dos quartéis.

Café da manhã

– Isso é que é vida! – Roberto suspirou, à mesa do café, lançando o olhar por todo o salão do restaurante, com suas cadeiras sobre as mesas e um ar de abandono que, ali, por causa da vastidão sem compartimentos, parecia ainda maior e mais profundo que no resto do hotel.

Ele e Liliane estavam sentados, enquanto Polly e eu trazíamos da cozinha os itens do desjejum. Depois também nos sentamos, Herberto aos pés de Polly, que o alimentava com pequenos pedaços de pão raspados de patê. Não demorou muito, e o gato pulou em seu colo e ali ficou, só a cabecinha aparecendo, para colher de sua mão o que ela lhe oferecesse. Estava ainda mais indiferente, quase imodesto. Nem nos olhava mais. Espreitava-nos, e era só, como se fosse um detetive ou um ladrão. Não era difícil perceber que nutria ciúmes de Polly. E tudo faria para encerrá-la ao seu lado, numa exclusividade de marido ou de pai. Quando Roberto tentou acariciá-lo, ele lhe mordeu o dedo.

– Deus! Que gato é esse?

Dei risada e falei:

– O gato dela. E ai de quem machucar a princesa!

Foi um comentário ruim, uma insinuação de comadre, cheia de ressentimento. Uma tolice. Roberto e Polly, obviamente, tinham passado a noite juntos, mas isso não queria dizer nada. Era uma noite que poderia durar, estender-se por muitos dias, ou então acabar em si mesma, naquele resíduo mínimo, à mesa do café. As evidências de uma ou de outra ainda eram frágeis, inconsistentes. A primeira noite de um casal é só uma noite, um crime ainda impune. Além do mais, ao menos naquela manhã, eu não me importava. Recebera também a minha cota, com Liliane, que se mostrara tão insaciável e inventiva quanto Polly, ou ainda mais, propensa a uma ousadia de permanente espírito juvenil e a variações insuspeitas, que logo me reanimavam. Foi ela quem virou de costas e reiterou:

– Não, não, você não é fiel...

Se durante a estada do poetinha, houvesse Liliane, eu não teria sofrido. Nem rogado por Bentinho. Nem implorado pela atenção do esnobe Herberto. Não é à toa, nem gratuita, a conclusão de Boris Vian: "antes a pornografia que a guerra". Mais pornografia, menos guerras. E é Truffaut quem arremata: "Não se pode fazer amor da manhã à noite, por isso inventaram o trabalho". Por isso inventaram a guerra, os tabletes de chocolates, os cartões de crédito, os suplementos de domingo nos jornais, os cultos religiosos, o telefone celular, os prazos de entrega de teses e dissertações, as teses, as dissertações... E as passeatas, os comícios, as reuniões, os estádios cheios, todas as manifestações que acabam em discurso ou palmas, os romances históricos e, claro, os histéricos – que não são poucos. Não mais que sucedâneos do orgasmo.

Recital romântico

Depois do café, Polly sugeriu um passeio. Fomos no carro de Roberto a uma parte alta da cidade, de onde avistávamos o espelho azul do mar. Ficamos lá em cima, à sombra de uma árvore, jogando conversa fora. Nenhum diálogo digno de nota, nenhuma palavra que se aproveitasse. O vento bailava nos cabelos das garotas e trazia sobre nós algumas folhas secas e muito papel picado, deixado ali por antigos visitantes. Amplo e violento, o sol transformara a chuva da noite anterior numa remota lembrança, uma ilusão, um sonho perdido. Liliane apanhou um pedaço esvoaçante de papel e leu em voz alta:

– "...amor, e cínica à miséria..."

Polly também apanhou um pedaço e leu:

– "...que você soubesse ser..."

Fiz a minha parte:

– "...decisivo como se o pensamen..." – e completei a palavra rasgada: – "Pensamento".

Roberto:

– "...milagre e desdém..."

Era um quebra-cabeça, uma carta talvez, e de amor. Quem a rasgou, por desilusão certamente, quis reduzi-la a um acúmulo de palavras desconexas. Não conseguiu. Havia um sentido, e se tivéssemos tempo a remontaríamos. Todavia, logo nos entediamos com aquelas palavras, aquele mar imóvel e distante, o céu sem nuvens e um silêncio tão profundo que nos aterrava. Muito antes do que imaginávamos, entramos no carro e voltamos para a cidade. Antes um dia de chuva que aquele dia claro, sem sentido, sem esperança.

O trapaceiro

Quando percebi a que ponto da cidade Polly nos guiava, compreendi quais eram as suas intenções. Seria como uma prova do caráter do casal que passara a noite conosco. O tipo de teste que compromete qualquer início de amizade.

Polly ia no banco do carona e indicava com a mão o caminho que Roberto deveria seguir. Atrás dela estava Liliane, concentrada em olhar a cidade, que evoluía à sua volta. Não parecia se importar com o fato de que chegaria tarde ao trabalho, se é que pretendia ir à locadora. O carro parou e todos entramos na loja. Me aproximei de Polly, que ia na frente, obstinada, e sussurrei que não daria certo. E que seria ridículo. Ela me lançou um olhar de repreensão, em nada diferente do olhar de uma mãe dominadora. Liliane e Roberto vinham atrás de nós, sorridentes, tentando compreender o que se passava. Talvez pensassem que seriam presenteados com alguma coisa, numa espécie de celebração àquela noite de troca de carícias e experiências, em que cada um de nós conheceu outro corpo, outro céu, com suas novas estrelas e sinais até então insuspeitos.

– Você é maluca! – sussurrei de novo e, sem esperar por sua reação, parei numa seção qualquer e tomei nas mãos um objeto.

E por ali fiquei até que eles voltassem. Um a um. Primeiro Roberto.

– Polly é maluca? Fez Lili e eu ficar lá em cima acariciando um monte de toalhas...

Nem olhei para ele. Fui venenoso:

– Até ontem não era...

Ele pôs a mão em meu ombro e me olhou direto nos olhos.

– O que você quer dizer? – E sorriu, com desdém: – Que fui eu? Que fui eu que a deixei assim?

Me livrei de sua mão e andei em direção à saída da loja. Ele me seguiu, afetado, como se quisesse brigar.

– Hein? Responda, porra!

Não tinha senso de humor, nenhum. Fazia piadas das quais ninguém achava a menor graça e alimentava uma pobreza mental que jamais lhe permitia rir de si mesmo. Seu único orgulho era se mostrar conhecedor de bebidas e da realidade dos dois países entre os quais se dividira: Brasil e Chile. Duas porcarias, dois saltos quebrados e sem futuro. Do Brasil desenvolvera a capacidade atávica de trapacear, pelo lucro mais ínfimo. Do Chile a tendência, apenas aparente, superficial, que só engana aos tolos, de lutar contra a supremacia dos ricos sobre os pobres. De resto, reagia obtusamente a todo e qualquer pensamento individual – ainda que coerente, humano e sensato –, em favor do coletivo: seu grupo de correligionários e idólatras. Um trapaceiro. Só esperava a hora exata de pular o muro e, do outro lado, cuspir sua versão vermelha de poder e opressão. Não tinha piscina em casa, mas queria ter. E tudo faria para alcançá-la, mesmo que, ao fim, não tivesse água para enchê-la. Um idiota. No terceiro ou quarto encontro que tivemos, aborreceu-se comigo, porque lhe falei que desprezava Almodóvar, seu cineasta favorito, cujos filmes, estranhamente, são falados em espanhol, mas exercitam toda uma estética de caixa de sabonete ianque dos anos 1950, década em que ele nascera... Quase brigamos, eu aos socos; ele, aos tapas.

Voltei-me e o encarei. E apenas sorri. Polly e Liliane estavam de volta e não entenderam o clima de tensão entre nós. Liliane acariciava as faces com as mãos elevadas a uma maciez inédita e natural, impossível de ser obtida, nem mesmo com o mais refinado dos cremes hidratantes. Polly, por sua vez, mantinha as suas abertas no ar, como se quisesse preservá-las da mácula humana, tão perto e à sua volta.

– Que houve? – perguntou.

– Nada – falei e saí da loja.

Mais tarde, Roberto nos deixou num restaurante e foi embora com Liliane.

A pedra do espaço

Apesar do pequeno atrito, aquela primeira noite não foi a única. Roberto e Liliane voltaram ao hotel outras vezes ou então fomos procurá-los. Lus era uma cidade que só no verão nos oferecia alguma chance. No resto do ano, tínhamos que procurá-la.

Na casa de Roberto, as noites assimilavam a relatividade do sonho. Por quatro ou cinco horas, suspensos e atoleimados, quase esquecíamos quem éramos e o que pretendíamos no mundo. A fluidez do tempo ganhava um acréscimo químico, e, assim, não o percebíamos com precisão. Uma simples noite de sábado era como se fosse uma semana inteira ou a melancólica brevidade de um momento.

Às vezes, um mês todo ou um minuto, o suficiente, porém, para se conceber uma tragédia. Se passássemos lá um período de dois ou três dias (e houve isso), tínhamos uma noção falsa de eternidade ou de que nem sequer existíramos. Esse era o motivo talvez de abdicarmos do hotel sempre que queríamos ficar a quatro. Roberto tinha a química exata que nos afastava da vida. O hotel só era conveniente quando ele estava com a gaveta vazia. Então ficávamos à beira da piscina, entregues aos copos. Polly reagia a que se trouxesse qualquer coisa para o hotel. Receava pôr em risco a sua relação com Fernando. Diante de sua recusa a qualquer sugestão de Roberto, eu me calava, o pensamento a enveredar pela ideia do conteúdo daquele embrulho escondido lá no quarto de ferramentas, nos fundos do pátio. Se era algum estimulante, por que não se podia trazer um pouco mais para o hotel? Que diferença faria? Mas Polly tinha razão. Trazer qualquer coisa para as dependências do hotel, em circunstâncias que parecessem suspeitas ou mesmo criminosas, poderia chamar a atenção. Era fato. Sem isso, só pensaria em procurar o embrulho (e consequentemente o que havia dentro dele) quem soubesse de sua existência. Neste caso, eu, ela, Fernando, o remetente e quem promovera a entrega – o incógnito agente que pusera a encomenda no carro e se fora, sem que nada percebêssemos.

Foi pensando nisso que uma noite me dirigi aos fundos do hotel e, encontrando o embrulho (que eu temia já tivesse sido entregue por Polly em minha ausência), o violei. Seu peso provinha do fato de que, sob as várias camadas de grosso papel de embrulho, havia uma caixa metálica, de chumbo, fechada a chave. Tive que arrrombá-la. Um barulhão terrível na quietude da noite. Não sei como Polly não acordou. O conteúdo me deixou ainda mais intrigado. Um pedaço de metal de mais ou menos quinze centímetros, e leve, levíssimo. Parecia o estilhaço da fuselagem de um avião que houvesse explodido. Só dias mais tarde, ao voltar a examiná-lo, é que compreendi sua natureza. Quando exposto a uma baixa temperatura, esquentava rapidamente, e a um ponto que chegava a atingir um estado incandescente, de forja.

De outro modo, se exposto a um calor extremo, baixava a temperatura a um nível tal, que era como se tivéssemos nas mãos uma pedra de gelo. A ideia mais óbvia que passou por minha cabeça foi a de que contemplava, em primeira mão, um novo invento, inconcebível e revolucionário. Todavia, o que algo assim tão divergente do nosso mundo concreto estaria fazendo em Lus, extremo sul da Bahia, Brasil? Não éramos os EUA, não ainda. Outra possibilidade, mais assustadora, me dizia que eu tinha nas mãos um artefato alienígena... Uma estrela ambígua, ou oscilante, capaz de ser fogo ou gelo, conforme as circunstâncias.

Foi mais por temor que por ambição que enterrei o estranho objeto no jardim e não comuniquei nada a Polly. Planejava antes falar com Fernando, saber afinal o que era aquilo, a que ou a quem se destinava e qual era o seu grau de envolvimento. Não consegui.

A três

Era comum que os casais, ou os cônjuges, se permutassem. Desde o início, naquela primeira noite no hotel, fora assim. E havia como que uma satisfação geral quando isso ocorria e mesmo quando a troca, mais tarde, se quebrava, voltando ao arranjo original. Uma noite, Roberto e eu partilhamos Liliane. Polly estava "no vermelho" e não se permitiu violar. Qualquer que fosse o jeito, encontrava-se muito sensível para suportar este ou aquele peso. Normalmente, topava qualquer coisa e até gostava, mesmo dois caras (sim, dois caras!), mas não aquela noite, assim tão à pele, incomodada. Sobramos em Lili.

Véspera de viagem

Na última noite que passamos na casa de Roberto, ele me propôs:

– Vamos dar uma escapada?

As garotas estavam na cozinha, preparando qualquer coisa.

– Pra onde?

– Em Prado tem um lugar incrível! Duas horas de carro... E que mulheres!

E entrou em detalhes, esmiuçou o seu plano. Ouvi calado e assenti. Este sempre foi o meu defeito: concordar, não conseguir dizer não, nunca, mesmo a contragosto. Reconheço que não era uma má ideia, mas era excessiva e meio sem propósito. Se pelo menos não tivéssemos ninguém, estivéssemos – como se diz – na mão. Éramos solteiros, é certo, mas tínhamos Polly e Liliane, permanentemente. Quando não era com uma, era com outra, ou até com as duas, como frequentemente acontecia. E chegamos a ser dois em uma, fantasia de muitos homens. Que mais pretendíamos? Variação constante e crescente. Aventura.

Naquela noite, bebemos tanto que acabamos dormindo sozinhos, espalhados pelo chão, cada um para um lado. Fui o primeiro a acordar, péssimo, como se em meu ventre resfolegasse um touro. Saí para caminhar na praia e, quando voltei, surpreendi as garotas na cama com Roberto, brincando. Ele não perdia tempo, mesmo com a perspectiva de novidades. Era um explorador compulsivo. Tinha sempre em vista a elucidação de um enigma: "Abra as pernas de qualquer mulher, e voarão segredos lá de dentro como borboletas". Profundo Ed McBain.

Apenas falei:

– Continuem.

No domingo à noite, comuniquei a Polly que de manhã ia viajar com Roberto. E sugeri que chamasse Liliane para dormir com ela, no hotel.

– Mas não na mesma cama... – brinquei.

Polly me olhou furiosa. Dei um sorriso sem graça e fui arrumar minha mala. Ela veio atrás de mim, bradando. Queria brigar. Já havia alguns dias que vinha perdendo o bom humor. Excesso de álcool talvez. Ou de chuva e vento, daquele outono maldito. Mas a verdade era que não estava bem. O fato de ter aceito tão fácil a presença de Roberto a angustiava. Transara com ele por diversas vezes, mas só agora se dava conta – mais seriamente, digamos – de que fora promíscua (e uso esta palavra por não encontrar outra, melhor, mais precisa). Não amava nem a ele, nem a mim, nem a si mesma, era a sua conclusão, melancólica. Tudo não passava de corpo, desejo, gozo. E, ao dizer isso, sua voz soava morta, sem cor. Argumentei, com delicadeza:

– Você não tem culpa. Foi ele. E eu também, porque o trouxe aqui. Tudo começou com as porcarias daqueles filmes...

– Não! – ela reagiu, a fisionomia desolada. – O problema mesmo é que trepar se tornou o combustível de nossas vidas. Não queremos outra coisa. Nada mais importa, nada! Sem isso, morremos. Quer ver? Experimente continuar aqui sem que eu transe com você, ou então Liliane... Cê não aguentaria. Já teria voado há muito tempo. A não ser que você e Roberto...

Fiquei em silêncio, chocado com o seu remoque, sua zombaria, apesar de reconhecer que esperma retido vira a cabeça, que nenhum cara é o mesmo com a batina cheia.

Passado um tempo, me virei na cama para dormir. Contrariada com o efeito de suas palavras, Polly me abraçou pelas costas e, depois de um minuto, começou a chorar. Fingi que dormia, que não ouvia seus soluços, que não sentia suas lágrimas molhando minhas costas. Não sei até que horas ela chorou, quase em silêncio, agarrada a mim. Eu só pensava na viagem, na possibilidade de novos corpos, rostos, cabelos, pernas. Ainda que a expectativa pela jornada do dia seguinte me deixasse numa excitação tremenda, acabei adormecendo. Ou por isso mesmo, para fazer o tempo correr mais rápido. Não tive ânimo para lhe dar a atenção que Polly merecia. Acreditei, inconscientemente, que o remédio era dormir. E acho que ela também compreendeu isso e se deixou transportar da angústia-em-si para o esquecimento-de-si-mesma. Caminho de muitos, e talvez o melhor caminho. O vácuo, insensível e indolor.

Temporada de caça

A Casa Laranja, como era chamado o lugar, não podia ser considerada propriamente um bordel. Era e não era. Havia pessoas hospedadas, interessadas apenas na praia e no sol, em descansar, digamos assim, e outras que vinham, desfrutavam dos serviços *extraordinários* – que incluíam sexo com parceiros selecionados – e, afinal, depois de saciadas, iam embora. Este último grupo era formado basicamente de homens, nem sempre solitários, aos quais acorriam mulheres jovens ou, se eles preferissem, mais jovens ainda. Bastava que, cientes das atividades da Casa Laranja e desejosos de seus méritos, eles as solicitassem.

Ficava num beco com pouca luz à noite, mas infestado de sol ao dia. Condição bem apropriada, diga-se de passagem. Contra as paredes vinha um vento marinho, misturado ao sal das ondas e ao suor dos corpos, untados de bronzeador ou protetor solar. Das janelas laterais avistava-se o meio prato cinza esverdeado, toldado de azul. Naquele período do ano, não havia mais o céu brilhante de verão, mas ainda assim Prado atraía os viajantes, alguns raros turistas.

Chegamos na segunda-feira à tarde e ficamos por três dias. Nossas intenções eram claras e, portanto, não perdemos tempo. A garota que me coube era baixa, branca, pequena e triste. Ao possuí-la, tive a impressão de que seus ossos se quebravam entre meus braços. Não chegou ao orgasmo nem uma vez sequer. Nem mesmo fingindo. E creio que jamais chegaria, nem comigo, nem com ninguém. Sua ausência era uma espécie de condenação, uma ferida forjada a ferro e fogo. Sob meu corpo, apenas se deixava imolar, sem esperança de coisa alguma, exceto me servir, me conceder prazer. Ou pelo menos era assim que eu a sentia, flácida, inerte, subjugada, apesar de sua juventude, de sua musculatura firme, seu corpo perfeito, tinindo de vigor. O gozo lhe parecia tão distante e impossível quanto a linha no horizonte. Uma simples mancha da vontade ou da imaginação. Na primeira noite não transamos, não tive coragem. Todavia, na tarde do dia seguinte e durante toda a segunda noite, estive a ponto de destroçá-la. A massa rígida de seu corpo vibrava sob mim, e suas articulações, novas como folhas verdes à sombra, estalavam, gemiam.

Fomos duas vezes à praia, na primeira a sós e na segunda com Roberto e sua companheira. Para a nossa surpresa, as duas mal se cumprimentaram. Pareciam exaustas, deprimidas, desoladas. Ou então não se falavam mesmo, por causa de alguma desavença entre elas, algum mal antigo. Na verdade, nenhuma teoria ou análise poderia explicá-las satisfatoriamente. Até porque, neste caso, a razão não é suficiente e, se aplicada em excesso, tende a esfriar a realidade, e elas eram apenas duas garotas arrancadas da infância e atiradas à galinhagem dos homens. Se mesmo um poema perde o fulgor quando analisado! Não seria diferente, portanto, se as reduzíssemos pelas palavras a duas manchas na parede. Ou duas nebulosas. Não eram, naquela eventualidade, o corpo noturno ao qual nos abraçamos e esquecemos o mundo, mas também não eram, tão somente, a concreção de um fenômeno analisável. Continuavam humanas e, apesar disso, profissionais: se por um lado pareciam mortas, num embotamento que sugeria desespero, anulação, por outro cumpriam muito bem seu papel de nos fornecer prazer, um prazer vivaz e autêntico, como procurávamos. Sob nossos corpos, eram como máquinas a promover ritmo ou seres vivos a improvisar. Que jamais se falassem, não importava; que jamais sorrissem, melhor ainda. Sua função nesta vida era outra, muito mais difícil: fazer da solidão humana, cujo ápice é o inevitável peso entre as virilhas, um breve instante de alívio.

Quando Roberto sugeriu a troca de casais, ambas foram contra, mas não o expressaram verbalmente, apenas ficaram de canto, emburradas. Claro, era como apagar o último vestígio de orgulho, de amor próprio, o mínimo que lhes restava de controle sobre si mesmas. Além do fato, naturalmente, de que possuíam algum nível a preservar, ainda que relativo, amarrado às circunstâncias. Mesmo assim, jamais poderiam ser consideradas o tipo de mulher fácil que se encontra às três da manhã tiritando de frio numa esquina qualquer. Ou aquele outro, ainda pior, estragada, que bem cedo começa a transar, ininterruptamente, para aliviar a coceira de alguma doença. A não ser que a direção da Casa Laranja as obrigasse a trocar de parceiro, não mudariam de ideia. E eu compreendia por quê. E foi por compreendê-las que aceitei a recusa, o que sem dúvida desagradou Roberto. Não fora senão para isso e outros caprichos que tínhamos viajado até ali. Então, foi como se eu lhe jogasse um balde de água fria após uma exposição de horas ao fogo intenso. Ainda assim, apesar de reconhecer minha traição, tentei encerrar o assunto sutilmente, pela via do humor:

– Você já teve Polly, uma troca mais do que proveitosa.

Com efeito, ele a tivera, mas queria muito mais, uma manada, e, além disso, Polly não estava ali; e, ainda que estivesse, a outra garota era desconhecida, um corpo que para ele representava um mistério, uma atração sempre nova, já que permanecia alheia aos seus desejos, livre de seus braços. Foi talvez por isso que ele partiu de repente, sem me avisar. Ou então já estava tudo planejado entre ele e, claro – pensei ter compreendido depois –, Liliane. Na quinta-feira acordei e, ao procurá-lo, soube que tinha ido embora. Mas deixara tudo pago: as diárias, a comida, a bebida, as garotas, todo o extraordinário que havíamos solicitado por desejo ou entusiasmo, até mesmo por efeito do álcool.

Manchas

Na sexta-feira pela manhã, tomei um ônibus e parti. O lugar ao meu lado estava vago, e logo Bentinho se apossou dele, desabando como se estivesse amargurado ou pressionado pela fadiga.

– Você nunca acerta – disse. – Nem com mulheres, nem com homens. Esse amigo que você arranjou é um canalha. Você vai ver.

Não lhe dei ouvidos. E em menos de dez minutos ele dormia, o rosto imerso numa tranquilidade bovina. A paisagem corria na janela, mas eu quase não a enxergava: casas, árvores, cercas, uma pessoa perdida. Ia pensando no sentido de tudo o que tinha me ocorrido nos últimos tempos e não via nada de proveitoso. Adrina, Geórgia, Liliane, Polly, Roberto, a garota da Casa Laranja, eram todos manchas. E o que eu estava fazendo ali, naquele ônibus infecto, a caminho de uma cidade que mal conhecia, de um hotelzinho vazio e assolado pela umidade do outono? Sem trabalho, sem amor, sem nenhum tipo de realização pessoal – que é o que nos mantém vivos e iludidos – e, sobretudo, sem horizontes, uma real perspectiva de mudança, exceto no espaço, na terra, que é a mesma, mas cuja aparência, variada, nos transforma... Era desolador. Eu engolia os quilômetros como alguém enfermo, numa cama, deixa morrer garganta adentro a sopa rala, apenas para não sucumbir antes da hora. Árvores adiante, passado o mal-estar, mais lúcido, portanto, pensei também que já era tempo de Bentinho desaparecer. Ou então eu.

Herberto

A porta do hotel estava trancada, e ninguém respondia ao meu chamado. Como não possuía chave, tive que ir à cidade atrás de um chaveiro. Ao que parece, é sempre assim: em algum momento de nossas vidas não temos alguma coisa: uma chave, a felicidade, uma pessoa. E só nos resta seguir em frente ou então recuar, voltar ao que éramos. Um sol pálido e frio, filtrado pelas nuvens, insistia em encantar meus passos, que, num instante, me pareciam trágicos e, no outro, alheios. O vento corria nas árvores como um menino entre brinquedos.

Numa delas, por trás da oscilação das folhas, vislumbrei Herberto pendurado a um galho, o pescoço quebrado. Comecei a correr, temeroso de que sua morte fosse apenas o prólogo de outra – maior.

Homens de preto

Encontramos o corpo de Polly no sofá, o braço direito estendido, um seio fora da blusa e a calcinha ligeiramente arriada, deixando exposta a massa de pelos negros. Dormia. As pálpebras pesadas e escuras, dos bêbados. Entreabertos e pálidos, os lábios pareciam conformados com a certeza de que jamais voltariam a balbuciar carinhos para Herberto. Fui abrindo as janelas, jorrando um pouco de luz no recinto. Depois procurei um lençol e ocultei sua nudez. Ela se mexeu e deixou escapar pelos lábios esmagados de sono um gemido quase infantil, de alguém que sofre num sonho ruim, tão humano quanto a vida em família. Curvei-me e a beijei na testa, aconchegando-lhe a almofada sob a cabeça. Por fim, voltei-me para o chaveiro, paguei-lhe o preço combinado e o dispensei. Havia um pouco de tudo espalhado pelo chão, mas nenhum vestígio de luta. Comecei a arrumar o que pude. Recolhi garrafas, copos, revistas, alguns livros, utensílios de maquiagem. Era óbvio que alguém mais, além de Liliane, estivera ali com Polly durante a minha ausência. Talvez o poeta tivesse aparecido, aquele imbecil. Ou então Fernando, o dono do hotel, que viera buscar a encomenda. Ou mesmo Roberto. Foi por me lembrar dele que me dirigi ao telefone. Na livraria, tocou à exaustão. Já na locadora, Liliane atendeu ao terceiro toque.

– Foi um inferno – ela disse. – Os caras queriam uma coisa que nem eles sabiam o que era.

– Que caras?

– Sei lá! Uns caras da cidade. Na verdade, pareciam mais agentes de polícia, daquele tipo dos filmes, vestidos de preto, arrogantes, frios...

– E o gato?

– Que gato?

– Herberto, ora!

– Não sei! Não está aí?

– Está. Pendurado na árvore. Morto.

Ela ficou em silêncio.

– Furada...

– O quê? – quase gritei.

– Digo que é furada. Melhor vocês caírem fora. Só pode ser um aviso. Mas, olha, não foram os caras, eles foram embora antes disso, e o gato estava lá, com Polly, aos seus pés.

Pensei um instante e depois perguntei:

– E Roberto?

– Que tem Roberto?

– Onde ele está?

– Ora, estava com você!

– Não, ele veio antes. Você não o viu?

– Não. Não ainda.

Pelo tom de sua voz, achei que ela estava mentindo.

– Certo, certo. Quando ele aparecer, peça para me ligar.

E desliguei.

Algo me dizia que tínhamos de partir. Liliane estava certa: a morte de Herberto fora um aviso. Ou dos homens de preto ou de Roberto, que, se não estivesse ao lado dela, de conluio, estaria à espreita, pronto a chegar e exigir que lhe entregássemos o tesouro que outros procuravam. E ele chegaria ao extremo para conseguir o que desejava. Não hesitaria em nos fazer sumir da vida. O sumiço de pessoas é mais comum do que pensamos. Mais de duas mil por dia em todo o mundo. E mais de dois terços não voltam. Simplesmente viram fumaça, poeira, uma imagem na memória de parentes e amigos.

Curvado sobre o rosto de Polly, fiz de tudo para despertá-la. Mas não tive êxito. Fui obrigado a arrastá-la até o banheiro, onde, com muito esforço, levantei-lhe o corpo desarticulado e o soltei na água fria da banheira. Ela tomou um susto, abriu os olhos e gemeu. As mãos ágeis e nervosas tentaram me afastar, em vão. Um instante que me lembrou o de Melanie, de *Os pássaros*, quando ela retorna do desmaio. Segurei-lhe os braços com ainda mais força e, em seguida, mal se acostumou à água, comecei a tirar-lhe as roupas. Foi então que notei em seu pescoço a medalha que eu lhe dera e que ela só usara uma única vez, por gentileza. Eu não queria crer que aquilo fosse uma declaração de amor. Não era.

– Pensei que você não gostasse de usar nenhum tipo de enfeite – falei, surpreso.

Ela apenas disse, trêmula:

– Ele está morto?

Hesitei.

– Está.

Então ela chorou, num estado que beirava a histeria. Antes que eu a acalmasse, o telefone tocou. Era Liliane:

– Eu disse que era um aviso... Roberto...

Seu carro fora encontrado sobre as pedras, num despenhadeiro à entrada de Lus: urubus em volta, a água do mar a mover o corpo entre as ferragens. Dois garotos que chegaram para pescar naquela tarde avistaram as aves pousadas nas pedras – como se confabulassem –, depois o carro e, por fim, o morto, em solidão, as feridas lavadas pelo sal.

Os encantos do sol

O cortejo até a capela do cemitério e depois ao túmulo foi patético. Eu, Liliane, Polly, Fernando – o dono do hotel, que, por coincidência, chegara, numa viagem de rotina, a primeira da temporada – e dois agentes funerários, vestidos de preto e que, por influência das informações recentes e de minhas recordações cinematográficas, me fizeram lembrar o estranho objeto que enterrara no jardim. Então olhei para Fernando. Seguia contrito, fingindo uma dor tão verdadeira quanto consistentes são as nuvens no céu. Comecei a desconfiar de que o telefonema que nos levara a buscar tão longe aquele insigne objeto não fora dele, que Polly mentira, e, porque eu o escondera à sua revelia, Herberto estava morto e Roberto também, talvez confundido comigo. Até hoje me pergunto por que o escondi, a que vontade cedi durante tão infundada atitude. Não havia, como não há agora, qualquer explicação. No máximo, curiosidade. Ou talvez receio do desconhecido.

Como Fernando nada mencionou sobre o objeto, eu também nada falei. E então acompanhamos, os quatro, lado a lado, o carro funerário. Mesmo durante a cerimônia, rápida, em que li um breve poema elegíaco, não havia nada a dizer, e nada dissemos uns aos outros. Liliane chorou, Polly ainda mais, certamente por se sentir responsável por mais aquela morte. Ao fim, Fernando se foi, levando Liliane consigo, com a promessa de que a deixaria em casa, e ficamos sozinhos, eu e Polly, a contemplar uma pedra com data de nascimento e morte e alguns dizeres, vagos, inócuos, escolhidos pelo próprio gravador, sem embargo, em consulta a um catálogo. Era inevitável que eu me lembrasse de uma frase de Yasunari Kawabata: "Mesmo as sepulturas somem com o passar do tempo..." Se não fosse assim, só haveria cemitérios, túmulos, cruzes, lápides. Toda a superfície da Terra não passaria de um enorme jazigo. Um brinquedo proibido.

Deixamos o cemitério em companhia de Bentinho. Até ele, sempre eloquente e irônico, não tinha vontade de falar coisa alguma e, por isso, não fez qualquer comentário, nem mesmo sobre a paisagem ou o tempo. O peso da realidade nos esmagava. Outro funeral surgiu numa curva do cemitério, e o contemplamos se arrastar sem nenhum sentimento, nenhuma emoção. A morte de um desconhecido é só um fato no transcurso dos dias.

– Até quando você vai aparecer? – perguntei, quando o cortejo já se apagava na distância, escamoteado pelas suntuosas sepulturas a incidir o sol.

Polly seguia mais à frente, de cabeça baixa, derreada em sua dor, e não ouviu o que eu disse. Bentinho respondeu:

– Não sei. E talvez isso dependa mais de você do que de mim...

Seguimos calados pelo resto do caminho, cercado de árvores, que conduzia ao portão. Os poucos túmulos à nossa volta tinham ficado para trás, condenados ao silêncio e à sua condição inferior, rente ao chão. Polly se voltou:

– O que você está fazendo aí atrás?

Naquela noite, voltei ao hotel e desenterrei o amaldiçoado objeto. Estava como eu o deixara. Intacto, liso, neutro, e ainda capaz de se alterar conforme a temperatura ambiente. Um objeto demoníaco ou mais próximo de Deus do que imaginamos. Uma hora depois, ao deixarmos a cidade, Polly aproveitou que o ônibus atravessava a ponte sobre o braço de mar, que é como um rio a dividir um ventre, e o deixou cair, pela janela.

– Pronto, acabou.

Esperei que ela se acalmasse e perguntei:

– Quem te ligou naquele dia, pedindo que fôssemos buscar a encomenda? Não foi Fernando, foi?

Ela olhava a paisagem e respondeu sem se voltar para mim:

– Não.

– E quem foi?

Polly hesitou um momento, o olhar perdido na linha azul do mar, ao longe.

– Não vou dizer.

Esta foi sua última fala, e sua última ação, ser alguém em outro lugar. Por isso desceu do ônibus enquanto eu dormia e sumiu de minha vida, e talvez "da vida".

Motorista e passageiros de nada sabiam. Nem sequer viram quando ela desceu. Gritei, fiz um escarcéu e também deixei o ônibus. Voltei muitos quilômetros a pé pela estrada, a procurá-la; em vão. A chuva e a noite me obrigaram a desistir e tomar outro ônibus. A paisagem, dura e feia, passava melancolicamente à janela, até que se fundiu a uma lisa superfície de breu, onde, por efeito da luz do corredor, eu via a mim mesmo transformado num sujeito infeliz e convicto de que, como a espiã Estela do conto de Roberto Arlt, Polly "era agora um ponto negro no vale profundo, e já não caía mais".

As noites

Não houve jeito de achá-la. Durante anos a procurei e, para o meu desespero, não obtive qualquer resultado, nenhum sinal, sequer de sua morte. Cheguei a me bater com seus parentes, confiante de que eles me enganavam, pois pareciam não sofrer com sua ausência, o que me permitiu resgatar alguns dos seus objetos pessoais, entre os quais a medalha que eu lhe dera. Mas foi tudo. Talvez esteja realmente morta, não sei, ou talvez camuflada junto a si mesma e a outras pessoas, num lugar que fora sempre o do seu desejo – não sabemos um por cento da vida. O certo é que, mesmo depois de tanto tempo e de tantas outras parceiras similares a ela, sua sombra anda ainda pela casa, e é com ela que eu durmo.

O incêndio

Anos mais tarde, soube que um luxuoso hotel erguera-se no trecho em que Polly fizera desaparecer o objeto, por causa das águas ora quentes ora frias, a depender do clima, do ânimo das estações, a cada ano mais volúveis. Voltei lá então, para conferir tão fabuloso diferencial turístico, e pude comprovar que, realmente, as águas eram aprazíveis – e só eu sabia o porquê. De certo modo, Polly estava ali... Era como se eu me banhasse em seu corpo, e por isso me prolonguei mais tempo que o planejado, apesar dos hóspedes grosseiros, de péssimo gosto musical e estético e quase nenhuma inteligência. Não menos que animais em estado bruto. Quando parti, tive a impressão de que perdia Polly pela segunda vez – e última. Meses depois, o hotel consumiu-se num misterioso incêndio.

Sem ninguém

Após fracassar tentando me doutrinar na angústia da desconfiança e do ciúme, Bentinho também se foi, de repente e sem explicações. Quase do mesmo modo como havia surgido, da primeira vez, naquela manhã já distante em que o mundo à minha volta começou a ruir – e é sempre sobre ruínas que se faz uma vida. Na tarde em que Polly partiu, ao acordar no ônibus com a cadeira ao meu lado vazia e compreender o que acontecera, só me restou procurar por meu assíduo colaborador psicológico, meu conselheiro fiel, a voz irônica e necessária para a vasta e inútil compreensão do mundo. Mas por todo o veículo não havia qualquer vestígio de sua presença. E nunca mais houve. Também partira, deixando vazias as cadeiras e a vida.

Céu humano

Ao deixarmos o restaurante, Geórgia sugeriu que eu escrevesse esta novela. Devo a ela a ideia e o incentivo. Jamais havia me passado pela cabeça escrever minha história com Polly Rios, nosso sensual vaivém.

– Que história? – Victória quis saber.

– A história de alguém que conheci e que, por coincidência, se parecia muito com você...

– Comigo?

– É. – E me voltei para Geórgia: – Mas não em forma de roteiro...

– Não! Claro que não – ela riu. – Hoje você é um escritor de sucesso, respeitado... Apesar de, mais tarde, quem sabe? Podemos pensar numa adaptação... – ela fez uma expressão marota.

Rimos. E eu a abracei, afetuosamente, surpreso ainda com a sua magreza. Depois ela e Victória também se abraçaram. Paramos um táxi e, já acomodados, lançamos um último adeus para Geórgia, que correspondeu e virou as costas, partindo em direção ao seu hotel, ali perto. Ainda a observei algum tempo, pelo vidro traseiro, até que uma curva a fez desaparecer por trás de um prédio de esquina.

– Afinal, quem é ela?

– Quem? Geórgia? – me voltei.

Victória soltou um muxoxo.

– Não, a outra, a que se parecia comigo! A não ser que sejam a mesma pessoa...

Agora você sabe. Todos nós sabemos.

Ainda luto para esquecê-la.

Meu céu humano.

Salvador, 03/07/2004 a 30/09/2012.

Impresso em São Paulo, SP, em março de 2013, em
papel pólen 80 g/m², nas oficinas da Graphium.
Composto em Dante MT Std, corpo 11 pt.

Não encontrando esta obra nas livrarias,
solicite-a diretamente à editora.

Escrituras Editora e Distribuidora de Livros Ltda.
Rua Maestro Callia, 123
Vila Mariana – São Paulo, SP – 04012-100
Tel.: (11) 5904-4499 – Fax: (11) 5904-4495
escrituras@escrituras.com.br
vendas@escrituras.com.br
imprensa@escrituras.com.br
www.escrituras.com.br